EMILIA LEWALD
Ein Job auf Mallorca

AF140808

TWENTYSIX – Der Self-Publishing-Verlag

Emilie van Steen, 38 Jahre, recht hübsch, studierte Immobilienwirtin, Hobbys: Gucci Schuhe und Boxen, besondere Kennzeichen: Teufelshörnchen, die aber meistens durch die blonde Mähne ganz gut verdeckt sind, bekommt einen Job auf Mallorca bei einem Promimakler.

Sie bietet mehr oder weniger kaufkräftigen Interessenten der unterschiedlichsten Couleur sogenannte Luxusimmobilien zum Kauf an, taucht ein in die Welt der Reichen und Schönen oder zumindest in die Welt derer, die sich dafür halten, verliebt sich unsterblich in einen verdammt gutaussehenden Russen und gerät ganz nebenbei in die Fänge der Baumafia. Mit klugem Köpfchen, Witz, einer guten Portion Dreistigkeit, etwas Naivität und ganz viel Glück meistert sie jede Lebenslage und rettet sich auch aus brenzligen Situationen.

Emilia Lewald

Ein Job auf Mallorca

Roman

TWENTYSIX – Der Self-Publishing-Verlag

1. Auflage Januar 2016
Bibliografische Information der Deutschen Nationalbibliothek:
Die Deutsche Nationalbibliothek verzeichnet diese Publikation
in der Deutschen Nationalbibliografie; detaillierte bibliografi-
sche Daten sind im Internet über dnb.d-nb.de abrufbar.
TWENTYSIX – Der Self-Publishing-Verlag
Eine Kooperation zwischen der Verlagsgruppe Random House
und
BoD – Books on Demand
© 2016 Emilia Lewald
Herstellung und Verlag:
BoD – Books on Demand, Norderstedt

Illustration: Lidija Kämpf
Umschlagsgestaltung: Stephanie Jestram

ISBN: 978-3-7407-0758-3

In Liebe für

Paulchen

Let me take you far away
You'd like a holiday
Let me take you far away
You'd like a holiday

SCORPIONS
"Holiday"

Mallorca, den 30. November 2011, abends.

Der Sturm hat endlich nachgelassen. Die großen Pinien, links und rechts an der Auffahrt, die sich der Kraft des Sturmes gebeugt haben, kreischen und knarren noch leise. Die lange Auffahrt, die sanft den kleinen Hügel hinaufführt, scheint silbern im Mondlicht, fast scheint es, als wäre die schmale Straße mit Pulverschnee bedeckt, so hell leuchtet sie. Unschuldig, friedlich. Ich weiß nicht, wie lange ich in meinem Wagen sitze und das Anwesen betrachte, das vor mir liegt. Es brennt nur ein kleines Licht über dem Eingangsportal. Die alten Mauern und der jahrhundertealte ehemalige Wehrturm zeichnen sich schwarz gegen den Nachthimmel ab.

Ginge es nach dem Willen des Mannes, der sich irgendwo in diesem Haus aufhält, werde ich heute Nacht sterben.

Ich starte den Motor und fahre langsam auf das Haus zu.

EINS

Mallorca, den 1. September 2011, morgens.

„Verflixt! Wo sind meine Gucci-Schuhe?" Mann, in 30 Minuten muss ich im Hafen sein. El Señore Feige himself, von deeem Maklerbüro in Malle, wartet höchstpersönlich auf mich, um mir meinen neuen Arbeitsplatz zu zeigen.

„David, hast Du sie gesehen?" Mein Mitbewohner David, bildschön, aber leider stockschwul, liegt noch im Koma. Claro, würd ich auch nach einer Flasche Mandellikör. Mein Sweetheart, mit dem gemeinsam ich vor drei Wochen die Flucht aus der ehemaligen Zone, genauer gesagt aus Leipzig, angetreten habe, hat gestern wieder einmal das Ende einer ganz großen Liebe verarbeiten müssen. Aber diese Dramen kenn ich ja schon aus Leipsch.

„Lidia bist Du noch da?" Keine Antwort. May I introduce my lovely other WG member to you: Lidia Villacorto, 28, echte Mallorquinerin und graduierte Absolventin der Sporthochschule Barcelona.

Lidia arbeitet seit zwei Jahren als Personal Trainerin in dem angesagtesten Edelclub der Insel im unerschrockenen Kampf gegen Zellulitis, Speck und allem, was ab der zweiten Lebenshälfte noch so Falten wirft.

Der Playa de Sol Country Club ist aber nicht nur wegen seines wirklich guten Fitness- und Spabereichs berühmt-berüchtigt, sondern auch der "geheime" Treffpunkt für manche gelangweilte Ehefrau, die ein wenig Abwechslung vom tristen Ehemann sucht. Da dies auch dem einen oder anderen jungen Mann, der sein nicht allzu üppiges Gärtner- oder Kellnergehalt durch kleine Zuwendungen etwas aufstocken möchte, bekannt ist, findet sich das eine oder andere ungleiche Pärchen hier zum Tête-à-Tête beim süffigen Cocktail im Bar- oder Poolbereich des weitläufigen Clubgeländes.

Der Fitnessbereich des Clubs wird am Vormittag nicht selten von dem gut situierten Herrn in den besten Jahren mit Wohlstandsbäuchlein und nicht mehr ganz vollem Haar, das gerne auch mal zum kecken Zöpfchen im Nacken zusammengezwirbelt wird, gemeinsam mit der jungen Freundin aufgesucht. Typ: lange Haare, Brüste Model "Kokosnusshalbschale" und Knackarsch.

O.k. ich geb's ja zu, über Letzteres würde ich auch selber gerne verfügen.

Beschriebene junge Dame liebt älteren Herrn aus tiefstem Herzen, klar doch, schließlich ist ihr Gefährte ja nicht moppelig, sondern sehr kräftig – und was ist schon der Body eines durchtrainierten 25-jährigen Jünglings gegen die Lebenserfahrung eines Mannes in den besten Jahren? Schließlich kommt es uns Frauen ja bekanntlich auf die inneren Werte an.

Selbigen Herrn trifft man im Club dann häufig am Nachmittag, mit etwas dezenterer Laune, in Begleitung der Gattin.

Kurzum, wer Melrose Place liebt, liebt auch den Country Club. David und ich jedenfalls gieren nach dem

Tratsch und Klatsch aus dem Leben der Reichen und Schönen, den wir allabendlich von Lidi serviert bekommen.

Aha, da wären nun auch meine geliebten wunderschönen Gucci Schuhe, ordentlich im Schrank – wo sonst?

Wie die meisten Frauen pflege auch ich ein liebevolles Verhältnis zu meinen Schuhen. Nicht, dass Ihr glaubt, ich wäre so ein Gucci-Püppchen. Nee, nee. Ich wurde vor 38 Jahren in einem nicht weiter erwähnenswerten Kaff in Ostwestfalen-Lippe geboren und auf den Namen Emilie-Luise van Steen getauft. Ich weiß ..., aber Doppelnamen waren Anfang der 80er Jahre nun mal in Mode, und meine kleine Schwester hat's eindeutig schlimmer getroffen: Marlene-Chantal.

Mich nennen die meisten Emi, und damit kann ich ganz gut leben. Wenn ich mich beschreiben soll, mmmhhh, was würde ich sagen: ich bin 1,70 m (in Wirklichkeit 1,69 m), bin relativ schlank (führe aber wie die meisten von uns den täglichen Kampf gegen meine ewig hungrigen Fettzellen), habe schulterlanges blondes Haar(seitdem diese Anti-Fizz-Produkte auch mein Bad erobert haben, kann ich auch von Haaren sprechen, vorher trug ich bei der geringsten Luftfeuchte Sauerkraut auf dem Kopf, kennen die Blondierten unter Euch ja sicher auch), ein Ex von mir hat immer gesagt, ich hätte eine "Rehkitzfresse", was immer das ist. Nach der Fachhochschulreife hab ich Immobilienwirtschaft studiert und bin dann meiner großen Liebe (inzwischen auch ein Ex) von Hannover nach Leipzig gefolgt. Da habe ich dann ein paar Jahre bei einem Bauträger gearbeitet. Bei so einem Typ mit gegelten Haaren, Porsche und

Schampus zum Frühstück. Seine eigentlich durchaus akzeptable Stimme hat sich bei jedem Handytelefonat im Volumen verdreifacht, und ansonsten hat er "nur in ganz großen Immobilien gemacht", unsere Buchhaltung hatte selbstverständlich nur mit Transaktionen im Millionenbereich zu tun, da blieb am Monatsende oft keine Zeit für Nebensächlichkeiten wie unsere Gehälter. Mein Kollege Alex und ich haben unseren Chef, Herrn Gröler, von der Gröler-International-Realestate Gruppe immer inoffiziell "die große Hoffnung der deutschen Bauwirtschaft" genannt. Leider haben die Banken das irgendwann nicht mehr so gesehen, und die große Luftblase des Gröler'schen Imperiums ist mit einem lauten Knall geplatzt.

Für mich ein großes Glück, ich habe mit meiner ständigen Träumerei über ein Leben im Süden ernst gemacht und einen Job auf Mallorca, in Puerto Portals bei Feige und Partner angenommen, als Immobilienmaklerin.

Ganz allein hab ich mich dann aber doch nicht getraut und meinen allerbesten Freund David überredet, seinen Job als Friseur zu schmeißen, mit mir nach Malle zu ziehen, um ein "Leben unter Palmen" zu führen.

Ja und nun ist heute mein erster Arbeitstag …

ZWEI

Mit dem Bus fahre ich von unserem WG Appartement in Santa Ponsa nach Puerto Portals und laufe dann von der Haltestelle in den Yachthafen.

Mein neuer Arbeitsplatz befindet sich in einem gläsernen Eckbüro am Ende einer Flanierpassage, in der sich Gucci, Prada, Dolce & Gabbana und Co. dicht aneinanderreihen. Wow, ich bin beeindruckt und eingeschüchtert, als ich das weiße, minimalistisch eingerichtete Designerbüro betrete. Vier Schreibtische stehen in zwei Reihen, auf jedem ein schicker Laptop und ein Telefon im Future-Design, sonst nichts. Nach Arbeit sieht es hier nicht wirklich aus. Auch meine neuen Kolleginnen machen einen sehr entspannten Eindruck und sehen eher aus wie frisch aus dem Modemagazin entsprungen.

„Hi, ich bin die Monique." Eine der beiden kommt auf mich zu und streckt mir zur Begrüßung die Hand entgegen. Das Mädel ist ungefähr in meinem Alter und sieht eher aus, als wäre sie eine extravagante Kundin, die sich für eine der im Schaufenster präsentierten Luxusvillen interessiert. Es funkelt, raschelt, klackert und blitzt. Ich weiß gar nicht, wo ich zuerst hinschauen soll. Neben Monique mit ihrem extravaganten, auffälligem Schmuck und …, ich weiß nicht, ist das nun noch das sexy Moonlight Makeup von letzter Nacht, oder spachtelt sie morgens schon so dick auf? Wie auch immer, ich fühle mich trotz meiner Gucci-Schuhe wie eine graue Maus. Meine Stimmung sinkt deutlich.

„Du bist die Emilie aus Dresden, oder?" „Ne, ich komme aus Leipzig, und bitte sag Emi zu mir."

„Alles klar. Der Chef freut sich schon auf Dich." Lächelt sie dabei freundlich oder etwas fies? Egal, während Lara von der Leine, so der Name meiner anderen neuen Kollegin, wie ich von Monique erfahre, ganz relaxt weitertelefoniert, die teuer beschuhten Füße auf dem Schreibtisch drapiert und mir kurz zunickt, kommt aus dem hinteren Büro ein weiß gekleideter Mann auf mich zu. Ist er's? Er muss es sein. Herr Feige höchstpersönlich. Er kommt mir fast wie ein alter Bekannter vor, so vertraut erscheint er mir, auf Grund der vielen Artikel in der Bunten und der Gala, die ich über ihn gelesen habe. Meine Güte, der Mann hat sein Leben wirklich gelebt. Wenn ein Gesicht eine Geschichte erzählt, steht mir gerade die deutsche Nationalbibliothek gegenüber.

„Guten Tag, Frau van Steen, ich freue mich, Sie in unserem Team zu begrüßen. Haben Sie sich schon etwas umgesehen? Gefällt's Ihnen? Na, Sie werden bestimmt bei uns einiges lernen können. Wissen Sie, wir gehören ja zu den ganz Großen in der Branche. Klar wissen sie das. Entsprechend sind natürlich auch unsere Kunden. Gerade noch hab ich mit dem Guido, also dem Guido Westerwelle, gesprochen. Er sucht auch was Nettes hier auf Malle. Äh, ich mein ein nettes Haus … Hahaha … kleiner Scherz … Ja, ich hab auch gar nicht viel Zeit, ich treff mich jetzt gleich noch mit der Christine, Sie wissen schon, der Christine Neubauer. Sie interessiert sich für eine wirklich ganz außergewöhnliche Villa, direkt neben der Thyssenvilla, unterhalb der Villa, die jetzt der Boris gekauft hat, die, für die sich auch schon mal der Gerd interessiert hat. Super Location und nur gute Leute in der Nachbarschaft. So meine Liebe, jetzt haben wir aber genug geschwätzt. Ich muss los. Tschüss, tschüss."

Boah, Antworten auf seine Fragen braucht der Mann nicht, er weiß sich offensichtlich auch so gut zu unterhalten.

„So, und das ist Dein Arbeitsplatz, Süße", zwitschert Monique fröhlich drauf los.

Hey, das ist ja noch besser als in meinen schönsten Träumen. Mein Tisch steht direkt am Fenster, vor mir Meer, blauer Himmel und Mega-Yachten.

Wenn ich da an mein kleines Office bei der "großen Hoffnung der deutschen Bauwirtschaft" in Leipzig denke! Neonröhren unter der tristen Decke, weiße Wände, grauer Linoleumboden, mein ständig welkender Philodendron und draußen meistens grauer Himmel. Juchz, ich freu mich. Das Leben geht los.

DREI

20 Uhr Feierabend. Ich treffe mich mit David in Palma in einer kleinen Tapasbar etwas abseits von den Touristenströmen. Im September ist ohnehin nicht mehr so arg viel los; und so sind außer uns fast nur spanische Gäste da.

„Na, Emi wie war Dein erster Tag, schon ein Luxushäusle an den Mann gebracht?", möchte David neugierig wissen.

„Nein, ich hab mir heute erst mal einen Überblick über unsere Immobilien verschafft. Kannst Du Dir vorstellen, dass wir so gut wie kein Haus unter einer Million im Angebot haben?"

„Nee, voll krass."

Zu Davids bevorzugten Vokabeln gehört zurzeit "voll krass" und "keine Ahnung".

Wir bestellen bei dem niedlichen Ober ein paar Tapas und Agua sin Gas.

David ist am Nachmittag auch schon bei seinen neuen Arbeitskollegen vorstellig geworden, auch wenn er erst in einer Woche offiziell anfangen muss. Er ist richtig happy, weil er einen Job im Friseursalon bei Bruno Stolz hat. Der Salon befindet sich im Charivall, einem echten Luxushotel. Wie wir gehört haben, sollen sich die Promis dort die Klinke in die Hand geben.

Wir essen, trinken, plaudern, und ich erfahre alles Wissenswerte und noch viel mehr über Davids neue Kollegen, alle Promis, die zurzeit im Charivall abgestiegen sind, sowie sämtliche neue Haarpflegeprodukte, die im Salon zur Anwendung kommen.

Gegen 24 Uhr verlassen wir schließlich das Lokal, nachdem David noch flux die Telefonnummern mit dem niedlichen Kellner ausgetauscht hat. Tja, so ist mein David, gestern noch getrauert und heute schon wieder schwer verguckt.

Mittlerweile hat sich die Temperatur deutlich abgekühlt und in den schmalen, verwinkelten Gassen der Altstadt ist leichter Nebel aufgekommen. Die Gassen werden überwiegend mit alten Gaslaternen beleuchtet. Die Stimmung ist fast etwas mystisch und ich bin froh, dass ich den Weg durch die verlassenen Gassen zur Bushaltestelle nicht alleine antreten muss. Ich hake mich bei David unter, und nett plaudernd schlendern wir los.

Von irgendwo hören wir Schritte hallen.

„Voll krass, kennst Du diesen Film, der in Venedig spielt", fragt David, „der mit dem kleinen Zwerg, der einen langen Mantel mit einer riesigen Kapuze trägt, die ständig sein Gesicht verhüllt und, keine Ahnung, irgendwie läuft der nachts ständig durch die Gassen und killt mit einem langen Messer scheinbar wahllos seine Opfer, keine Ahnung, aber voll krass diese düstere Stimmung. Wie hier, stell Dir mal vor, keine Ahnung, aber irgendwie geht hier gleich eine von den alten Türen auf und der Kapuzenmann zieht uns in die alten Katakomben dieser Stadt und wir sind für immer ..."

„David! Halt den Mund! Du weißt genau, dass ich ein riesen Schisser bin!"

Aus dem Augenwinkel sehe ich, wie er schmunzelt. Trotzdem, es beschleicht mich irgendwie ein komisches Gefühl. Eine Vorahnung? Ach was, ich bin eine echte Dramaqueen. Hey, ich bin im sonnigen Spanien. Dolce Vita. Alles ist schön.

Es knallt, ein schriller Schrei und ein Heulen folgen. Ist das ein kleines Kind? Ausgerechnet jetzt fängt auch noch die alte Gaslaterne an zu flackern. Die uralten Natursteinmauern werden nur noch vom Mondlicht beschienen.

„Mist, was ist da los?"

David schaut auch nicht mehr ganz so spaßig, sagt aber: „Keine Ahnung, das war bestimmt eine Katze." Plötzlich hören wir wieder diesen Schrei. Nur eine Katze, ich weiß nicht. Ich hab das Gefühl ich bin im falschen Film. Woher kommt das? Ich fühl mich wie erstarrt und hör das Blut in meinen Ohren rauschen. Wir stehen ganz still und schauen uns zu allen Seiten um. Es brennt kein einziges Licht hinter einem der wenigen kleinen, meist vergitterten Fenster. Ich schau nach oben und sehe hinter der meterhohen Mauer, neben der wir stehen, die Silhouette einer majestätisch anmutenden großen Palme, die sich schwarz gegen den Nachthimmel abzeichnet. Alles besteht nur noch aus dunklen Grau-, Braun- und Grüntönen, der Nebel lässt alles noch trüber und düsterer erscheinen. Ein Motor springt an und wir hören von irgendwo ein Fahrzeug. Das Motorengeräusch wird lauter, wir sehen das Licht von Scheinwerfern, die eine alte Kirche, die vor uns liegt, beleuchten. Langsam biegt ein Fahrzeug um die Ecke. Das grelle

Licht der Scheinwerfer blendet uns. Der Wagen bleibt einen Moment oder eine Ewigkeit stehen, dann fährt er langsam auf uns zu. Die Gasse ist so eng, das man an keiner Seite des Autos vorbeikommt. Ich sehe mich um, ein paar Meter hinter uns liegt ein Hauseingang, der etwas zurückspringt. Es scheint so, als wären wir die einzigen Menschen in einer Geisterstadt. Meine Hände sind kalt und feucht und ich merke, dass auch David Schiss hat.

„Komm, wir stellen uns in den Eingang dort vorne." Das Auto bleibt wieder stehen, der Motor läuft, die grellen Scheinwerfer blenden uns.

„Mist, was soll das? Wollen die was von uns?"

„Keine Ahnung, voll krass, komm wir laufen zurück."

Wie die Blöden rennen wir den Weg Richtung Kneipe zurück. Ich komm mir albern vor, aber gleichzeitig hab ich auch echt Panik im Nacken. Der Wagen nimmt wieder Fahrt auf und folgt uns.

„Komm schnell, hier rechts rein.", David zieht mich in eine stockdunkle ganz schmale Gasse zwischen zwei mehrgeschossigen alten Gebäuden, wir rennen weiter. Am Ende der Gasse dreh ich mich um und sehe das Auto, einen großen dunklen Geländewagen. Der Motor läuft, der Wagen steht still und die Silhouette einer Person am Steuer ist zu erkennen, die anscheinend zu uns schaut. Wir rennen weiter, bis wir auf den Ramblas sind, die hell erleuchtet sind. Ein Pärchen schlendert eng umschlungen an uns vorbei; und ein Stückchen weiter sehen wir zwei junge Männer, die sich lautstark unterhalten.

Mit einem Mal ist der ganze Spuk vorbei.

„Scheiße, was war denn das für 'ne Nummer. Wollte der was von uns?", keucht David.

„Ich weiß nicht, wahrscheinlich sind wir überspannt und ganz schön albern – und der Fahrer denkt, wir haben einen an der Klatsche, tröste ich ihn"; aber ein komisches Gefühl, dass ich auch noch eine Stunde später zu Hause in unserem WG Appartement beim Einschlafen habe, bleibt.

VIER

Am nächsten Morgen scheint die Sonne. Lidia und ich sitzen am Frühstückstisch und genießen unseren Latte Macchiato mit Sojamilch.

Leider kann ich nicht allzu lange genießen, mein zweiter Arbeitstag liegt vor mir.

Um kurz vor zehn Uhr stehe ich hochmotiviert vor dem Büro und lerne auch gleich unseren Geschäftsführer Mr. Jones kennen, der gerade die Tür aufschließt. Mr. Jones. Ja … ,wie soll man ihn beschreiben? Wahrscheinlich Ende 50, aber … jung geblieben, würde meine Omi sagen … wilde Mähne bis auf die Schultern im Look "Testosteron pure edition - hey Leute bin gerade aus dem Bett und hatte noch gar keine Zeit mich zu frisieren, ein männlicher Griff in die Mähne musste reichen", tatsächlich verbringt man für so ein Styling, wie dem von Mr. Jones, je nach Übungsgrad bis zu einer Stunde im Bad, wie ich aus eigener Erfahrung mit dem schönen Fabio, meinem Ex, weiß.

Aber zurück zu Mister Jones. Bemerkenswert ist auch seine ausgeprägte Kiefermuskulatur, die er wahrscheinlich durch jahrelanges, kontinuierliches, energisches Kauen, wie auch jetzt gerade, auf einem Kaugummi erworben hat.

Das weiße Slim-Fit-Hemd, das er trägt, betont nicht nur seinen respektablen Bauchansatz, der natürlich zu einem richtigen Mann gehört, es erlaubt auch den Blick auf seine braungebrannte Brust, die sicherlich in den letzten Jahrzehnten viel Sonne, aber wenig Sonnencreme gesehen hat. Gebannt wird der Blick aber erst durch seine grobgliedrige, silberne Halskette, ... du meine Güte, wo bekommt man das denn noch ..., an der baumelt doch tatsächlich ein großer Raubtierzahn....wrrrrrr.......der Typ ist wirklich ein ganzer Kerl!

Zur ausgewaschenen Jeans trägt Mr. Jones dann auch noch, als kleinen kecken Stilbruch, schwarze Lackschuhe, die er, wie ich noch beobachten werde, zu jedem Outfit trägt und denen er seinen niedlichen, ihm nicht bekannten Spitznamen "Lackschühchen", den ich ihm verpassen werde, verdankt.

„Lackschühchen" scheint auf jeden Fall hocherfreut zu sein, mich zu sehen, und begrüßt mich mit Küsschen links und rechts. Ich erröte leicht, was auch an meinen lästerlichen Gedanken liegt.......pöööse, pöööse Frau......wird David heute Abend zu mir sagen, wenn ich ihm beim Gläschen Rotwein die Beschreibung von Mr. Jones offeriere ... und dabei wird er frech grinsen.

Kaum sind mein Schreibtisch und ich einsatzbereit, was heißt, Make-up ist perfekt, Haare sitzen, Kaffee steht dampfend auf dem Tisch, kommt mein Chef, Herr Feige, ins Büro und überrascht mich mit der freudigen Botschaft, dass ich gleich meinen ersten Außentermin habe. Ich treffe mich mit einem Herrn Rettenbach, der sich eine noch im Bau befindliche Villa in Son Vida, einem Vorort von Palma, in dem die Reichen und Schönen leben, ansehen will und hoffentlich auch kaufen wird.

Klasse, das krieg ich bestimmt hin, schließlich verfüge ich über ein gewisses verkäuferisches Talent. Der

Hauptteil meiner Einnahmen bei Feige und Partner generiert sich aus meinen noch zu erwirtschaftenden Verkaufsprovisionen, ich beziehe lediglich ein relativ geringes Festgehalt. Das ist für mich aber kein Problem, da ich wie bereits gesagt ein Verkaufstalent bin.

Für meine Fahrt nach Son Vida habe ich einen schicken kleinen Firmenwagen, einen Mini mit großem Firmenemblem, bekommen. Im strahlenden Sonnenschein mach ich mich auf den Weg, das Radio dröhnt. Ich bin allerbester Stimmung, geradezu etwas euphorisch. Ich überlege, was ich mir für meine erste dicke Provision kaufen werde. Hm ..., in Palma hab ich doch so einen schicken Louis-Vuitton-Laden gesehen. Ein Täschchen von Louis Vuitton. Hm ..., cremefarben mit kleinen Louis-Vuitton-Emblemen, das wär's. Würd auch total schick aussehen zu meinem roten Minikleid. Hm, Schuhe bräuchte ich natürlich noch passende, aber die sind auch drin, bei meiner fetten Provision. Außerdem steh ich natürlich total gut bei meinem Chef da. Kaum hab ich angefangen, mach ich auch schon 'nen fetten Abschluss. Das sollen meine Kolleginnen Monique und Lara von der Leine mir erstmal nachmachen. Tja, schickes Outfit und viel Pling helfen da eben auch nicht, Mädels, da muss man schon etwas mehr drauf haben, freu ich mich.

Im Radio läuft gerade "Crazy" von Gnarls Barkley ... voller guter Laune sing ich mit:

And I hope that you are having the time of your life.
.....
Come on now.
Who do you,

who do you,
who do you
think you are.

Ha, ha, ha
bless your soul
You really think you are in control

Well, I think you are crazy,
I think you are crazy
Just like me.

Voilà, ich bin am Treffpunkt. Radio aus und jetzt bloß nicht mehr grinsen wie ein Honigkuchenpferd. Ich setze mein ernstes Businessgesicht auf. Oh, Herr Rettenbach ist auch schon da. Na, mit dem komm ich klar. Netter, leicht verklemmter Typ, sieht gar nicht nach so viel Kohle aus.

„Hallo, Herr Rettenbach, ich bin Emilie van Steen von Feige und Partner. Na, was sagen Sie, ist das nicht ein phantastischer Ausblick von hier oben? Palma liegt zu Ihren Füßen. Und wir haben hier eins der ganz seltenen Grundstücke in Son Vida mit Meerblick, ... unverbaubar."

An dieser Stelle mach ich erst mal eine kleine Pause, damit Herr Rettenbach alles auf sich wirken lassen kann.

„Gefällt mir gut. Wir suchen ja schon etwas länger, aber das hier scheint das Richtige zu sein." Er grinst etwas verlegen.

Klasse, den hab ich an der Angel. Ich glaub, ich erlaub mir 'nen kleinen Vorschuss und fahr heute Nachmittag schon nach Palma, dann kann ich das Täschchen heute Abend schon ausführen, suuuuper!

Ich räuspere mich ernst, um meiner Seriosität noch einmal Ausdruck zu verleihen und mein professionelles Auftreten zu unterstreichen, dann sag ich mit tiefer Stimme: „Tja, Herr Rettenbach, ein weiterer großer Vorteil dieses Anwesens besteht darin, dass der Rohbau schon fertig ist, sie also nur noch eine sehr kurze Bauzeit vor sich haben, die Innenausstattung, Bäder, Fußbodenbeläge, Wandfarben können Sie aber noch nach Ihrem eigenen Geschmack gestalten."

Herr Rettenbach strahlt mich weiter an. Es gefällt ihm. In dem Moment kommt eine ältere, sehr teuer gekleidete Dame aus dem Rohbau getrippelt. Na ja, jetzt erklärt sich auch, warum Herr Rettenbach sich in jungen Jahren schon so ein Anwesen leisten kann, von Beruf Sohn, claro. Frau Rettenbach strahlt ihren Spross an und ruft ihm zu: „Darling, das Haus ist phantastisch, das nehmen wir."

Na, wer sagst denn, da muss der Chef eben nur 'nen Profi wie mich rausschicken und schon flupt's. Mist, ich muss mir wirklich mein Siegergrinsen verkneifen.

Frau Rettenbach tänzelt gerade gefährlich wackelnd vom Eingangspodest auf einer Holzplanke, die eine kleine Baugrube überbrückt, zu uns herüber. Sonor gurrend sage ich zu Sohnemann: „Herr Rettenbach, seien Sie so lieb und helfen doch mal der Frau Mama!"

....

Totenstille. Kein Vogel singt mehr und jetzt zieht auch noch eine fette Wolke vor die Sonne und es wird schlagartig kälter und grau. Das Gesicht von Frau Rettenbach ist zur Totenmaske erstarrt und Sohnemann ist kalkweiß geworden.

Scheiße, was ist denn jetzt los? Mein Herz setzt aus, ich registriere alles in Slow Motion. Nichts passiert. Alles ist wie eingefroren. Ich schlucke, weiß nicht, was ich sagen soll ... dann durchbricht die schneidende Stimme von Frau Rettenbach die klamme Stille.

„Vielen Dank, das schaff ich auch ohne meinen Mann!"

Sie rauscht an mir vorbei, Sohnemann, nein ihr Gatte, mit gesenktem Kopf hinter ihr her, sie steigen in den Bentley und sind weg.

Mein Kopf dröhnt, mir wird schwindelig. Bitte, bitte das darf doch nicht wahr sein. Alles zerplatzt wie eine Luftblase ... wie soll ich das meinem Chef erklären? ... Ich fühle mich so klein und so armselig.....

Who do you,
who do you,
who do you
think you are

Ha, ha, ha,
bless your soul

You really think you are in control

Well I think you are crazy
...................you are crazy
....

Die erste Arbeitswoche ist wie im Flug vergangen. Zum Glück scheint Herr Feige auch nichts von meinem kleinen Missgeschick mit den Eheleuten Rettenbach mitbekommen zu haben. Jedenfalls ist das Betriebsklima gut und die Arbeit macht Spaß.

Heute ist Samstag; und David und ich sind gerade auf dem Weg zu einer megacoolen Party. David hat die Einladung an Land gezogen über einen Kollegen aus dem Salon, der jemanden kennt, der wiederum jemanden kennt usw. – wie auch immer, David hat eine Einladung, und ich bin seine Begleitung.

Die Party soll auf einem Boot in Port Adriano steigen. Wir sind so gespannt und auch ziemlich aufgeregt. Bis wir das richtige Outfit hatten, sind Stunden vergangen. Aber ich denke, das Ergebnis ist ganz gelungen. Ich habe mich letztlich für ein bodenlanges, farbenfrohes Kleid im Missoni Look entschieden, und David trägt eine cremefarbene, lässige Leinenhose und ein knalleges T-Shirt mit kleinem V-Ausschnitt von Guess. Bei David vermutet man nicht, dass er schwul ist. Im Gegenteil, er wirkt eher wie ein Macho und sieht aus wie ein Model aus einer Cavalli- oder Versace-Werbung. Die Frauen verfallen ihm reihenweise, und ich werde mit neidischen Blicken bedacht, wenn wir zusammen ausgehen.

Wow, gerade sind wir von der Hauptstraße abgebogen und unser Taxi steuert die kleine Zufahrtsstraße zum Hafengelände hinunter. Wir schauen hinab auf einen langen Pier, der das offene Meer und das Hafenbecken voneinander trennt. Im Meer spiegelt sich die untergehende Sonne, der Himmel besteht aus zinnoberroten, violetten, rosa und orangen Tönen. Es ist unglaublich. Ein solches Farbenspiel habe ich noch nie gesehen. Die meisten Boote liegen im vorderen Teil des Hafens, im hinteren Teil liegen ein paar Megayachten, die einem den Atem verschlagen.

Wir nennen dem Taxifahrer den Liegeplatz, zu dem wir wollen, und er steuert zu unserem Erstaunen gleich den letzten Anlegesteg an, bleibt stehen und nennt uns den Fahrpreis.

Mich durchfährt ein Blitz, und David schaut mit weiten Augen zwischen mir und der Yacht, vor der wir stehen, hin und her.

Was ich sehe, kann ich kaum glauben, und am liebsten möchte ich sofort wieder zurück in meine kleine Welt, in der ich mich sicher fühle und mir alles vertraut ist.

„Keine Ahnung", japst David, „das ist 'ne 70-m-Yacht, drei Decks, und ganz oben steht auch noch was, das aussieht wie ein Helikopter, voll krass."

Zu spät zur Flucht. In diesem Moment reißt ein weiß gekleideter Dressman die hintere Wagentür auf und begrüßt uns charmant. Ab jetzt erlebe ich das Geschehen wie in Trance. Wir steigen aus, plötzlich sind zwei weitere weiß gekleidete Dressmen an unserer Seite und begleiten uns eine lange Gangway hinauf. Eine leichte abendliche Brise umschmeichelt uns, wir hören dezente

Partymusik und Stimmen, deren Worte wir nicht verstehen. Man führt uns eine weitere Treppe hinauf. Auf dem zweiten Deck angekommen stehen wir auf einer riesigen Terrasse, an die sich ein großer luxuriös ausgestatteter Salon anschließt, der wiederum mit einem Salon durch eine geöffnete, doppelflügelige Schiebetür verbunden ist, der seinerseits in einen weiteren Salon führt. Überall stehen und sitzen elegante, ungeheuer gut gekleidete Männer und Frauen, deren Garderobe, Schmuck, Zähne und Augen im tausendfach gebrochenen Licht der Kristalllüster, die überall stehen und von den hohen Decken herabhängen, funkeln und blitzen. Meine Augen wandern durch die Menge und bleiben immer wieder an dem einen oder anderen wie Paradiesvögel anmutenden Menschen hängen. Ich bin regelrecht geschockt von all dem Luxus; und ein Blick auf David verrät mir, dass es ihm ganz ähnlich geht.

„David, bitte lass uns von hier verschwinden, ich fühl mich total unwohl." In dem Moment wird uns von einem der überall mit Tabletts herumschwirrenden weiß gekleideten Dressmen ein Gläschen Sekt, bei dem es sich aber wahrscheinlich eher um Champagner handelt, angeboten, und wir greifen unsicher zu.

„Ok", meint David, „das Gläschen trinken wir und dann verschwinden wir von hier."

Auf der Terrasse fangen zwei bildschöne junge Frauen, die wie Supermodels aussehen, an lasziv zu „Miss California" von Dante Thomas zu tanzen.

Aus den Lautsprechern klingt:

she's miss california hottest thing in west L.A.

*house down by the water sales her yacht across the
bay*

drives a marinello hollywood is her favorite scene

*loves to be surrounded with superstars that know her
name*

„Mmmhhh, der Schampus war nicht schlecht, aber
lass uns jetzt wirklich hier verschwinden", sage ich zu
David. Allerdings erweist sich das als nicht ganz so einfach. Auf dem unteren Deck stehen mittlerweile so viele
Leute, die über die Bordtreppe nach oben möchten,
dass wir keine Chance haben, den Weg nach unten an-
zutreten.

„Keine Ahnung, aber das wird ja nicht die einzige
Treppe an Bord sein", meint David, „lass uns mal weiter
nach hinten gehen, da gibt's bestimmt auch noch 'ne
Treppe, die nach unten führt."

Gemeinsam verlassen wir den letzten Salon, gehen
durch einen eleganten Gang, der mit Holz verkleidet
und teilweise verspiegelt ist. Er führt vorbei an mehreren geschlossenen Türen. Eine Treppe ist nicht in Sicht,
stattdessen endet der Gang vor einer opulenten Holztür.

„Mist, und nun?", frage ich David.

„Keine Ahnung, lass uns doch mal einen Blick riskie-
ren, was soll schon passieren, und den Rückzug können
wir immer noch antreten."

„Na ja, ich bin schon neugierig und würde mal gerne
einen Blick wagen." Ich überleg noch eine Sekunde,
dann drück ich die Klinke hinunter, die Tür ist nicht ver-

schlossen und langsam schieben wir unsere neugierigen Nasen in das Innere des Raumes.

Das Erste, was ich sehe, ist ein riesiger massiver Schreibtisch, auf dem eine Lampe steht, die den Raum in ein schummeriges Licht taucht.

An den holzvertäfelten Wänden hängen großformatige Pläne, die wie Bauzeichnungen aussehen. Ich schaue mich um, wir sind allein in dem langen Gang, gedämpft ist die Musik der Party zu hören. Ich kann's mir nicht verkneifen und schleiche mich neugierig in den Raum. Durch die großen Fenster an einer Seite des Raumes sieht man das Meer. Mittlerweile ist es dunkel geworden, und der Mond wirft sein silbernes Licht auf das ruhige Wasser. Ich wag mich etwas weiter vor und betrachte einen der großformatigen Pläne. „Schau mal", sag ich zu David, der mindestens so neugierig ist wie ich und direkt hinter mir steht, „das sind Pläne von den Zonas verdes, den Grünzonen zwischen Sol de Mallorca und El Torro. Bei dem Gebiet handelt es sich um ein phantastisches riesiges Areal im Südwesten von Mallorca", erklär ich ihm.

„Dass das eine Zona verde ist, glaub ich kaum, schau mal auf die anderen Pläne, das sieht doch so aus, als soll ein erheblicher Bereich bebaut werden."

Erstaunt schau ich mir die anderen Pläne an. David hat Recht. Lagepläne, Ansichten, Visualisierungen großer Appartementhäuser, betitelt mit „Urbanización el Paraíso"..... kein Zweifel, hier plant jemand eine gigantische Baumaßnahme.

„Aber trotzdem David, ich kann mir das nicht vorstellen, Bauen im Naturschutzbereich, das kriegst Du nie genehmigt."

In dem Moment räuspert sich eine Stimme hinter uns. Ein Blitz durchfährt meinen ganzen Körper, so sehr erschreck ich mich. Mist, ist das peinlich, ich atme tief ein und dreh mich langsam um, während mein Gehirn rast und ich überlege, wie wir uns am besten herausreden können. Überrascht nehme ich wahr, zu wem das Räuspern gehört. Im Türrahmen steht ein unglaublich gutaussehender Mann. Weißer Leinenanzug, dunkle Haare, vielleicht zwei oder drei Jahre älter als ich. In fließendem Spanisch sagt er zu uns: „Lo siento, das tut mir leid, ich wollte sie nicht stören, anscheinend hab ich mich bei der Suche nach dem WC ein wenig verlaufen."

Er hat eine angenehme, tiefe Reibeisenstimme, er ist aber kein Spanier. Dem Akzent nach zu urteilen könnte er ein Russe sein. Dazu würden auch, wie ich bei genauerer Betrachtung feststelle, seine slawischen, markanten, fast schon etwas harten Gesichtszüge passen.

„Ich bin unhöflich, stell mich noch nicht mal vor, mein Name ist Pavel, Pavel Simbirsk."

Ha, recht gehabt. Er ist Russe. Meine Anspannung fällt etwas von mir ab. Der Typ scheint hier auch nur ein Gast zu sein. Und irgendwie denkt er, wir gehören zu dem Boot.

„Ich bin der Patrick", erklingt zu meiner Überraschung Davids Stimme neben mir.

Spinnt der, schießt es mir durch den Kopf? Gerade sind wir dem Teufel noch mal von der Schüppe gesprungen und wären den Typen fast völlig unkompliziert losgeworden, da schmeißt der Kerl neben mir seine Baggerschaufel aus! Hallo, geht´s noch?

Pavel kommt mit einem meganiedlichen Lächeln auf uns zu und streckt mir die Hand entgegen. „Emilie", stelle ich mich notgedrungen vor.

„Ich bin anscheinend ein Glückspilz, dass ich zwischen diesen ganzen künstlichen Beautys noch eine echte Schönheit wie Sie entdecke."

Flirtet der etwa mit mir ..., anscheinend ..., Patrick, alias David wirft mir von der Seite einen neidischen Blick zu und schaut dann betont gelangweilt aus dem Fenster.

Ich lächle Pavel an, etwas Besseres fällt mir erst mal nicht ein.

„Eine wunderschöne Yacht haben Sie Emilie, ich vermute, die gehört ihrem verehrten Herrn Papa."

Du meine Güte, etwas schwülstiger geht´s nicht, oder? Ich lächle charmant weiter. Soll er doch denken, was er will, Hauptsache wir kommen hier irgendwie möglichst schnell raus, bevor hier noch der echte Bootseigner auftaucht und es richtig peinlich wird.

„Wissen Sie", redet Pavel munter weiter, „ich bin erst seit ein paar Tagen auf Mallorca und kenn noch nicht allzu viele Leute."

„Ich freu mich auch sehr, dass wir uns kennengelernt haben", unterbreche ich Pavel etwas unhöflich. „Mein Assistent und ich haben aber noch einen Termin und sind bereits etwas spät dran." Ruckartig löst David seinen Blick vom Meer und schaut mich an. Gerade will er etwas sagen, da redet der muntere Pavel schon weiter.

„Entschuldigung, wie unhöflich von mir. Ich will Sie keinesfalls weiter aufhalten. Wir sehen uns sicherlich bald im Haus des Herrn Papa, bei dem einen oder anderen Event wieder. Ich freue mich schon sehr." Galant ergreift er meine Hand und gibt mir formvollendet einen Handkuss, ohne dass seine Lippen mich dabei berühren. Langsam schaut er zu mir herauf, während er immer noch leicht nach vorne gebeugt meine Hand hält, schaut mir tief in die Augen, überlässt meine Hand dann wieder mir, dreht sich um und entschwindet aus dem Büro. Zurück bleibt nur noch der männliche Duft eines teuren Eau de Toilette.

„Aufwachen, Chefin", knufft David mich in die Seite.

„Was heißt aufwachen, der ist doch nicht mein Typ, falls Du das meinst."

„Nee natürlich nicht", grinst David.

„Wieso nennst Du Dich eigentlich Patrick", frage ich?

„Warum nennst Du mich Deinen Assistenten", blafft David zurück.

„Ach lassen wir das, lass uns lieber schnell von hier verschwinden."

Über den uns bereits bekannten Weg treten wir den Rückzug an und gelangen ohne weiter aufzufallen auf die Gangway und gehen hinab zum Anleger.

„Puh, geschafft. Das war ja ein richtiges kleines Abenteuer", lächle ich David erleichtert an. „Und was machen wir nun mit dem angefangenen Abend?"

„Keine Ahnung, wir können ja mit dem Bus nach Palma rein und schauen, ob wir noch ein nettes, kleines Lokal finden."

Gerade will ich zustimmen, da bleibt mein Herz schon wieder stehen.

„Was'n los", fragt David, bevor er das Gleiche sieht wie ich. Direkt neben der Gangway der Yacht unseres unbekannten Gastgebers, der seit heute Abend ohne sein Wissen eine neue Tochter hat (peinlich), parkt ein großer, schwarzer Mercedes Jeep.

„Ach du Schande", sagt David, „voll krass, das ist doch nicht etwa der Wagen von neulich Abend in Palma?"

„Ich weiß nicht", antworte ich ihm, „aber er schaut schon genauso aus. Komm lass uns lieber verschwinden."

Während der ganzen Fahrt nach Palma hab ich wieder dieses komische, beklemmende Gefühl. Ach, tröste ich mich selber, ich hab halt eine blühende Phantasie. Besser ich freu mich noch auf 'nen schönen Kneipenbummel mit Dave.

SECHS

Eine Woche ist vergangen. Wir haben Montagmorgen kurz vor zehn Uhr, und ich schlendere gerade bei strahlendem Sonnenschein ins Büro. Monique und Lara sind bereits da. Lara sitzt wie immer entspannt an ihrem Schreibtisch, ihre nackten Füße auf einem schicken Bürostuhl abgelegt, die schätzungsweise 15 cm hohen Pumps in blau, lila, silbern metallic unter selbigem stehend und telefoniert.

Auch Monique ist eifrig dabei zu telefonieren, während sie ihre Nägel macht.

Oh je, auf meinem Schreibtisch liegt ein riesiger Stapel Exposés, das sieht nach Arbeit aus. Achselzuckend schau ich zu Monique, die kurz ihr Telefonat unterbricht und mir zuflüstert, „die sollst Du durcharbeiten, gestalterisch etwas aufpeppen und bei den Eigentümern der Häuser nachfragen, ob die Objekte nach wie vor auf dem Markt sind."

Na klasse, da hab ich ja die ganze Woche mit zu tun, ich hatte eigentlich bei dem schönen Wetter auf ein paar profitable Außentermine spekuliert.

Während ich mir einen Kaffee hole, betritt Lackschühchen alias Mr. Jones mit einem modisch gekleideten Paar mittleren Alters unser Verkaufsoffice.

Die beiden kommen aus Hamm und suchen eine schicke und stilvolle Villa in Portals oder Santa Ponsa, die zum Repräsentieren geeignet ist, auf die sie sich dann jeweils für ein paar Wochen im Jahr zurückziehen wollen. Lackschühchen umgarnt die beiden, lobt sie für ihren guten Geschmack in Immobilienfragen und stellt eifrig ein paar Angebote zusammen.

Ich habe inzwischen angefangen, mir die Verkaufsexposés, die ich updaten soll, anzusehen. Ein paar der angebotenen Objekte kenne ich bereits in Natura, weil ich sie mir in der vergangenen Woche gemeinsam mit Mr. Jones angesehen habe. Herr Feige hat zwar nach wie vor kein Wort über meinen missglückten Besichtigungstermin mit den Eheleuten Rettenbach verlauten lassen, ich vermute aber, dass etwas zu ihm durchgesickert ist. Auf jeden Fall musste ich letzten Montag zu ihm ins Büro kommen; und er meinte, es könnte sicherlich nicht schaden, wenn ich die nächste Zeit nur Außentermine mit Mr. Jones gemeinsam wahrnehme; und so hatte ich das Vergnügen, mir reichlich Objekte anzusehen.

Mittlerweile zähl ich mich ja schon zu den Immobilienfüchsen und denke, dass ich reichlich abgeklärt und illusionslos bin, was Immobiliengeschäfte angeht.

Anfangs hab ich allerdings nicht schlecht gestaunt, wenn ich mir vor dem Termin das Verkaufsexposé angesehen habe und dann im Kundentermin die Immobilie vor Ort. Unglaublich, wie kritiklos die Leute werden, wenn die Sonne scheint und zwei Palmen auf dem Grundstück stehen. Zu Hause in Deutschland, England oder wo auch immer, würde kaum jemand sich einen ausgebauten Ziegenstall für drei Millionen Euro andrehen lassen. Hier ist das keineswegs etwas Ungewöhnliches. So ist z.B. ein einsam gelegener ehemaliger Stall, der nur über einen geschotterten Weg zu erreichen ist, ein ehemaliger Herrensitz mit absoluter Privatsphäre. Eine Erschließung ist zumeist bei solchen Anwesen nicht vorhanden, sprich Öl und Wasser müssen angeliefert werden. Das bedeutet im Sommer gerne schon mal zwei Wasserlieferungen pro Woche, da heißt es immer schön den Wasserstand im Tank beobachten, damit man keine unliebsamen Überraschungen erlebt. Bei den Fenstern handelt es sich häufig um Einfachverglasung, was aber in der Regel ohnehin unerheblich ist, da der Wind ungehindert durch die bis zu 2 cm offenen Fugen zwischen Rahmen und Mauerwerk hindurchpfeifen kann. Selbstverständlich handelt es sich bei solchen Objekten namentlich um vollständig sanierte Immobilien, denn ansonsten hätten sie ja gar keine Fenster, wie Lackschühchen mir schon fachmännisch erklärt hat.

Ich finde es ohnehin erstaunlich, wie viel von dem, sorry, aber Blödsinn, den Mr. Jones so erzählt, er selber zu glauben scheint. Aber auch das ist etwas keinesfalls Untypisches in der Branche.

Neben alten Herrensitzen haben wir ausschließlich Luxusvillen im Verkauf. Gemeint sind damit in aller Regel in einfachster Bauweise errichtete Plattenbauten, wie man sie in Deutschland allerdings zumeist in besserer Bauqualität im sozialen Wohnungsbau findet, soll heißen: einfach und quadratisch. Aufgepeppt werden die sogenannten Luxusvillen hier dann gerne, indem man einen überdachten Eingangsbereich anbaut, dessen Vordach mit zwei römisch anmutenden Säulen abgefangen wird. Im Innenbereich werden solche Säulen auch gerne mal im Bad oder im Eingangsbereich verwendet, dann allerdings aus Gipskarton, also reine Dekoration, um einen hoch herrschaftlichen Eindruck vorzugaukeln.

Auf Grund der oftmals wirklich schlechten Bauqualität haben viele von diesen Bauträgerhäusern nach ca. 1o Jahren im günstigen Fall ernsthafte Probleme mit eindringender Feuchtigkeit, im schlechteren Fall sacken die Fundamente mit den entsprechenden Folgen ab.

Meiner Meinung nach, tummeln sich auf der Insel reichlich Bauganoven. Also, Augen auf beim Immobilienkauf.

Aber nicht nur die Baubranche auf Mallorca ist mit Vorsicht zu genießen, auch viele Kunden haben es faustdick hinter den Ohren. Die Verkäuferin einer sündhaften teuren Nobelboutique im Hafen von Puerto Portals, die ich vor ein paar Tagen zufällig in meiner Mittagspause kennengelernt habe, sagte zu mir: „Nothing in Puerto Portals is, what it seems to be." Gemeint hat sie damit, dass auf Mallorca im Allgemeinen und in Puerto Portals im Besonderen viele Leute herumlaufen, die von Millionen reden, aber kaum ihren Cappuccino zahlen können. Ganz typisch für diese Leute ist, dass sie einem völlig ungefragt nach einer Kennenlernphase von ca. 5 Minuten bereits detailliert ihre Vermögensverhältnisse, besser gesagt die vermeintlichen Vermögensverhältnisse, offenlegen.

Auch ich hatte bereits solche Kunden, wie z.B. ein älteres holländisches Ehepaar, das mir nach wenigen Minuten erzählt hat, sie seien die Gründer und ehemaligen Inhaber einer renommierten Firma, die Bekleidung für den Segelsport herstellt, nach sehr lukrativer Veräußerung der Firma hätten sie viele Jahre in Hongkong gelebt, wo sie im Im- und Exportgeschäft äußerst erfolgreich tätig waren, dann haben sie sich auf der schönsten Insel der Welt niedergelassen, auf Mallorca, und mal eben eine Kette sehr erfolgreicher Maklerbüros aus dem Boden gestampft, die sie mittlerweile aber auch für einen zweistelligen Millionenbetrag verkauft haben. Ja und jetzt suchen die Herrschaften eine ganz bescheidene, kleine Finca für drei oder vier Millionen, Luxus, nein den brauchen und wollen sie nicht mehr, sie suchen etwas ganz Einfaches, etwas Ländliches, denn sie haben ja bereits alles gehabt, alles gesehen und heute kommt es ihnen auf die wahren Werte an: Familie und Freunde. Schön und gut, recht haben die Herrschaften ja, nur für mich hat sich das Ganze als ärgerlich herausgestellt, weil ich meine Zeit mit dem Suchen eines geeigneten Objektes verschwendet habe; und peinlich war es für das holländische Ehepaar, als dann durch Zufall, Mallorca ist eben auch nur ein Dorf, herauskam, das die beiden keinen Cent auf dem Konto haben, alles ist erstunken, erlogen, vielleicht auch nur geträumt, die Realität ist: Die beiden sind mit einer Boutique Pleite gegangen und haben jetzt das Glück, in einer kleinen Wohnung in einem Mietshaus kostenlos zu leben, die einem wohlwollenden, gutmütigen Freund gehört.

Ich weiß nicht, wie solche Leute ticken. Na ja, auf jeden Fall sagt mein Gefühl mir, dass das Pärchen, das sich gerade vor Lackschühchens Schreibtisch in Szene setzt, auch eher zur Kategorie Blender gehört. Die beiden schauen aus wie richtige Boutiquenknödel. Beide tragen den obligatorischen Gürtel mit dem großen H, damit jeder im Hafen auch gleich Bescheid weiß, hier handelt es sich um Hermès.

Verkehren tun die beiden nur mit „guten Leuten", entsprechend wählen sie auch mit Sorgfalt die Lokalitäten aus, in denen sie verkehren, zu Hause in Hamm, wo die beiden herkommen, ist das der Club Korrekt, wie Lackschühchen gerade mit großem Interesse erfährt, hier auf der Insel geht man nur in den Nikki Beach. Die Betty, wie der Herr Götze gerade seine ihm Angetraute vorgestellt hat, leitet die Marketingabteilung von Jill Sander (von Hamm aus!), muss diesen Spitzenjob aber leider aufgeben (na, wenn da Jill Sander mal nicht dran Pleite geht), weil ihr Gatte, der Micha, in den diplomatischen Dienst berufen wird (ja auch da werden Bürokräfte gebraucht) und man künftig die Bundesrepublik Deutschland im Ausland repräsentieren muss. Betty gibt schweren Herzens ihren hochdotierten Job auf und opfert Jugend (zumindest den kleinen Rest davon), Schönheit und Talent der Karriere ihres Gatten. Bleibt nur zu hoffen, dass Betty und Micha fern der Heimat ein dem Club Korrekt adäquates Plätzchen finden, mit ganz vielen guten Leuten, mit denen gemeinsam sie Millionen transferieren und die Geschicke der Welt lenken …

Ja und die Sorte von Kunden gibt es leider auch bei Feige & Partner en masse.

SIEBEN

Türkisblaues Meer, blauer Himmel, weiße Yachten, die sich ganz sanft in der leichten Brise bewegen. Die Sonne fällt warm auf mein Dekolleté und mein Gesicht. Ach, das Leben ist doch schön. Gemütlich sitze ich an meinem Schreibtisch in unserem Verkaufsoffice und träume vor mich hin. Jetzt bin ich schon fast einen Monat auf der Insel und ich fühle mich richtig zu Hause.

David und ich unternehmen viel, haben uns schon die halbe Insel angesehen und kennen jede gute Tapasbar im Südwesten. Am letzten Wochenende haben wir einen herrlichen Ausflug mit einem gemieteten Roller nach Formentor, dem nördlichsten Zipfel von Mallorca, gemacht. Man fährt die letzte halbe Stunde eine sich durch eine raue, zerklüftete, sehr ursprünglich anmutende Felslandschaft windende, schmale Bergstraße. Um diese Jahreszeit sind sehr wenig Touristen dort; und so mussten wir die betörende Landschaft nur mit ein paar wilden Bergziegen, die immer wieder seitlich der Straße auftauchen, teilen. Am eigentlichen Cap de Formentor hat man einen phantastischen Blick auf die meist recht stürmische See. Weiße Gischt schäumt und die Wellen schlagen mit grollendem Getöse, das ahnen lässt, welch ungeheure Kraft sich dort verbirgt, gegen die sehr steil abfallenden Felswände. Ich hänge meiner Erinnerung nach, spüre den kräftigen Wind, dem mein

Körper mit ausgebreiteten Armen trotzt, und rieche die herrliche Meeresluft. Ich genieße dieses Gefühl der unbändigen Freiheit und Freude, das in mir an diesem Wochenende an diesem Ort aufstieg und das in meinen Gedanken wieder lebendig wird.

Este momento, ahora, aqui ... in diesem Moment öffnet sich unsere Bürotür, der Windzug, der ein paar Papiere auf meinem Schreibtisch etwas zur Seite weht, holt mich ins Hier und Jetzt zurück. Ach du Sch.... Das darf doch nicht wahr sein. Blitzartig tauche ich ab, verschwinde unter meinem Schreibtisch und suche angestrengt nach ... irgendetwas.

„Hola, qué tal?", schallt es zuckersüß aus dem Backoffice. Lackschühchen eilt den drei Männern, die gerade unser Büro betreten haben, diensteifrig entgegen, während ich weiter unter meinem Schreibtisch suche. Oh Mann, ist das peinlich. Der mittlere der drei Typen kommt mir nicht nur bekannt vor, den kenn ich!

Mist, Mist, Mist, die Welt ist doch wirklich klein. In unserem noblen Empfangsbereich steht Pavel.

Jaaa, der Pavel, der David und mich beim Herumschnüffeln im Büro auf dieser Megayacht erwischt hat und mich nun auch noch blöderweise für die Tochter des Eigners hält. Dummerweise ist heute außer Lackschühchen, Monique und Lara auch noch mein Chef, Herr Feige, da.

Zum Glück begleitet Lackschühchen die drei erst einmal nach hinten ins Büro vom Chef, was Erleichterung, aber keine Rettung für mich bedeutet, da dieses Büro von unserem Office nur durch eine Glaswand getrennt ist und man von dort einen recht guten Blick auf unsere Arbeitsplätze hat.

Am besten ich verschwind erst mal auf die Toilette, bevor ich den Herren noch Kaffee bringen soll.

Ob Pavel wohl eine schicke Immobilie sucht, überleg ich, während ich auf dem zugeklappten Klodeckel in dem kleinen fensterlosen Raum hocke. Mhhm, wie der typische Immobilienkunde sehen er und seine beiden Begleiter eigentlich nicht aus. Aber ein Hübscher ist er wirklich. Und sein lässiges Miami-Vice-Outfit, enges T-Shirt mit kleinem V-Ausschnitt, lässiger hellgrauer Anzug mit offenem Jackett, unterstreicht das noch. Die beiden anderen machen bei näherer Überlegung eher einen etwas komischen Eindruck. Beide tragen zwar auch einen schicken Anzug, aber der eine, der schätzungsweise so im Alter von Pavel ist, sieht mit seiner kräftigen, etwas untersetzten Figur, seinen recht groben Gesichtszügen und dem extrem kurzen Haarschnitt, der seinen Stiernacken etwas unvorteilhaft freilegt, ein bisschen wie ein Türsteher aus. Den anderen schätz ich deutlich älter ein, vielleicht Anfang sechzig, also eher im Alter meines Chefs. Er hat dunkle, aber schon recht stark mit Grau durchsträhnte Haare, ein gutgeschnittenes, markantes Gesicht und ist eher südeuropäischer Abstammung, so ein bisschen der Typ in die Jahre gekommener Latin Lover. Man könnte auch sagen: etwas schmierig der Gute.

Es könnte natürlich auch sein, dass die drei Geschäfte mit meinem Chef machen, zumindest bei dem Älteren der drei könnte man Geld vermuten. Ansonsten wären sie für meinen Chef auch recht uninteressant, denn glaubt man der Gerüchteküche, hat Herr Feige mit seinen Immobiliengeschäften in den letzten 20 Jahren richtig viel Geld verdient und gehört mit zu den sehr vermögenden Leuten auf Mallorca, die aber nicht nur über sehr viel Geld verfügen, sondern auch über sehr viel Einfluss.

Du meine Güte, ist das warm in diesem Kabuff. Die Zeit vergeht auch überhaupt nicht. Ob mich schon jemand vermisst? Wie krieg ich eigentlich raus, ob die drei überhaupt noch da sind ... rums ... energisch und lautstark wird auf der anderen Seite die Türklinke heruntergedrückt, was mich erstmal ordentlich zusammenfahren lässt ... rums ... ein zweiter Versuch, die Tür zu öffnen. Mist, wer will hier rein? Leider haben wir nur ein einziges WC für Herren und Damen, was in Spanien nicht ganz unüblich ist. Theoretisch wäre es also möglich, dass der hübsche Pavel mal muss und vor der Tür steht. Was denn nun? Soll ich einfach warten? Vielleicht, gibt er ja sein Anliegen auf, vielleicht ist er es auch gar nicht. Monique und Lara sind es jedenfalls auch nicht, die beiden hätten mich schon genervt aufgefordert, die Tür unverzüglich zu öffnen......rums ....erneuter Versuch. Man, das ist aber auch dreist. „Ocupado", ruf ich verzweifelt, um etwas Zeit zu gewinnen.

„Sí, no problema", vernehme ich von der anderen Seite........na toll, er ist es......den russischen Akzent und die weiche Reibeisenstimme kenn ich doch. Ich muss raus hier. Da nützt alles nichts. Ich drück die Spülung, lass das Wasser im Handwaschbecken laufen, kämm mir derweil meine langen Haare, so gut es geht ins Gesicht, Wasserhahn zu. Mit entschlossenem Griff entriegele ich die Tür, öffne sie, trete entschlossen mit gesenktem Kopf in den kleinen, aber gut ausgeleuchteten Vorraum, halb schiebend, halb rempelnd, zwänge ich mich an Pavel vorbei, lasse die Teeküche und eine verdutzte

Monique links liegen, marschiere schnellen Schrittes mit immer noch gesenktem Kopf durch das Office und den Empfang, wo Herr Feige und Lackschühchen gerade plaudernd den Türsteher und den Latin Lover verabschieden, verlasse mit den Worten "bin gleich wieder da, mach nur schnell eine kleine Besorgung" stürmisch das Büro und lasse wahrscheinlich die Anwesenden etwas entgeistert zurück. Na, zumindest Herrn Feige werde ich meinen etwas abrupten Aufbruch bei meiner Rückkehr erklären müssen.

Ahhh, jetzt erst einmal tief durchatmen und die frische Luft genießen. Peinlich das Ganze, aber nicht so peinlich, wie dem überraschten Pavel vor versammelter Mannschaft zu erklären, dass ich nicht die Tochter des Yachteigners bin, für die er mich hält, und ebenso meinen Aufenthalt in dessen Büro, in dem er mich mit meinem „persönlichen Assistenten" arbeitender Weise über einem Haufen von Plänen, die mich nichts angehen, vorgefunden hat.

Ich muss mich erst einmal von dem Schreck erholen, setz mich vor dem Macchiato an einen der letzten freien Tische und bestell mir einen Café con Leche. Von hier aus kann ich unser Büro gut beobachten, verschwinde aber selber in der Menge, da es zahlreiche Außensitzplätze gibt und das bei Touristen, Residenten und Einheimischen sehr beliebte Lokal stets gut besucht ist.

Ich entspanne bei meinem Kaffee und beobachte, wie Pavel und seine zwei Freunde unser Büro verlassen, ihre dunklen Sonnenbrillen aufsetzen und in einen aufgemotzten, ziemlich teuer aussehenden roten Sportwagen steigen, der ein paar Meter entfernt im Halteverbot steht und mit röhrendem Motor langsam den Hafen verlässt.

Auch ich verlass meinen Platz und schlendere zu unserem Büro zurück. Kaum steh ich im Empfang, flötet Lara: "Kannst gleich mal zum Chef reingehen."

Die beiden Zicken Monique und Lara und das emsig Kaugummi kauende und kopfschüttelnde Lackschühchen, deren hämische Blicke sich nun sicherlich in meinen Rücken bohren, lass ich hinter mir zurück und trete nach kurzem Klopfen beim Chef ein.

„Na, Frau van Steen, was war'n das für'n Auftritt?"

„Tschuldigung Herr Feige, das tut mir wirklich leid, aber mir war gar nicht gut und bevor ein Malheur im Büro passiert und die Kunden einen schlechten Eindruck gewinnen und die Toilette war von unserem Gast ja auch besetzt, da dacht ich, ich geh mal lieber schnell an die frische Luft."

„Ja Mädchen, ham se gestern zu tief ins Glas geschaut?"

Na, das fragt ja der Richtige denk ich mir.

„Nee, nee Herr Feige, wenn ich am nächsten Tag arbeiten muss, trink ich nichts. Ich weiß auch nicht woher das so plötzlich kommt."

„Na wenn's Ihnen dann jetzt besser geht, gehen Sie mal wieder an die Arbeit. Ich hab Sie morgen für einen Außentermin vorgesehen. Es wäre gut, wenn Sie sich ein bisschen vorbereiten. Es geht um ein paar Grundstücke, die bebaut werden sollen; und da muss eine Bestandsaufnahme gemacht werden von der vorhandenen Vegetation und so. Für morgen um 10 Uhr ist ein großer Termin mit den Landschaftsarchitekten, den Vermessern und ein paar Leuten vom Amt angesetzt. Es sind ein paar Fragen zu klären. Der Vorgang liegt aber auf ihrem Tisch. Schauen Sie sich die Akte mal an. Mein Partner für dieses Projekt, Señor Bonafe und die beiden anderen Herren, die eben hier waren, werden morgen auch vor Ort sein. Na, Frau van Steen, Ihnen wird doch nicht schon wieder übel, oder?"

ACHT

Feierabend.

Nach der Ankündigung von Herrn Feige, dass ich morgen einen Termin mit Pavel habe, hab ich mich leicht paralysiert an meinen Schreibtisch gesetzt. Mit Akte angucken und Vorbereitung auf den morgigen Vororttermin war erstmal nicht viel. Zum Glück war es dann auch schon 18 Uhr und ich hab mich auf den Heimweg gemacht.

Gerade bin ich in der WG angekommen und setze mich gemütlich in die Küche. Irgendjemand hat frischen Ingwertee gemacht, von dem ich mir ein Tässchen gönne. Ich versuche, meine Gedanken nicht immer zum morgigen Tag und mein wohl unvermeidbares Zusammentreffen mit Pavel wandern zu lassen.

„Hi Sweety", Lidia kommt gut gelaunt in die Küche. „Jonathan hat heute Nachtschicht und ich hab keinen Kunden mehr zum Personal Training", verkündet sie unternehmungslustig. Lidias Freund Jonathan ist bei der Guardia Civil einer spanischen, paramilitärischen Polizeieinheit. Jonathan ist ein taffer, netter Typ, der in seiner Uniform richtig martialisch aussieht. Ich nenn ihn nur "The Man with the Gun".

„Ok, wenn das so ist, kannst Du mich zum Boxtraining begleiten", zwinkere ich ihr zu.

Eine große Leidenschaft von mir – man mag es kaum glauben, wenn man mich das erste Mal sieht – ist das Boxen. Ich habe erst vor ein paar Jahren damit angefangen, bestreite keine Kämpfe, lediglich gelegentlich ein bisschen Sparring – und das auch nur in der Lightversion.

Was ich am Boxen liebe? Ich liebe es, mal so richtig draufzuhauen und alles rauszulassen bis zur völligen Erschöpfung. Beim Boxen trainiert man einfach alles: Schnelligkeit, Kraft, Ausdauer und Koordination. Ich finde besonders beim Frauenboxen zeigt sich, wer du bist: kühle Strategin, Kampfsau oder Püppi. Ich habe mit dem Boxsport in Leipzig in einem, wie sich herausstellte, leider etwas fragwürdigen Boxverein begonnen. Meine erste Stunde habe ich gemeinsam mit David erlebt, bei Günther. Günther war damals so Mitte sechzig und ein richtiger ehemaliger DDR-Trainer der alten Schule. Er hat leider schnell spitz gekriegt, dass David schwul ist; und das passte nun so gar nicht in sein Weltbild und insbesondere nicht zu seiner Vorstellung vom Boxen. Nach einem frischen "Sport frei" und einem knackigen Aufwärmtraining hat Günther sich dann auch in besonderer Weise Davids angenommen. Wir haben paarweise Schlagkombinationen geübt,..... links, links, gerade Rechte, Seitharken links, Aufwärtsharken rechts und solche Sachen.....und während ich mit einem anderen Anfänger meine ersten zaghaften Versuche ausprobieren durfte, hat Günther David einen Partner, den er mit Maik vorstellte, zugeteilt. Maik mit „ai", war ca. achtzehn, sehr durchtrainiert, hoch motiviert und man sah ihm an, dass er kaum abwarten konnte David zu zeigen, was er alles drauf hatte. Auch seine sonstige Erscheinung veranlasste nicht unbedingt zu der Annahme, in ihm einen sportbegeisterten, fairen Trainingspartner zu finden. Vom Rücken aufwärts erstreckte sich ein eindrucksvolles Tattoo den Hals hoch und den halben kahl rasierten Schädel bedeckend. Das Tattoo sah aus wie ein mittelalterliches Höllenszenarium von Hieronymus Bosch.

Kleine stechende Augen und eine Nase, der man ansah, dass sie mehr als einmal gebrochen war, rundeten Maiks Erscheinungsbild ab.

Na ja, und dann ging's auch schon los, David blieb nichts anderes übrig, als sich ständig die Boxhandschuhe schützend vor das Gesicht zu halten, um sich vor dem Schlagfeuer von Maik zu schützen, was ihn wie einen absoluten Looser aussehen ließ, außerdem musste er sich das ständige Gehänsel und die blöden Sprüche von Maik anhören; und das Ganze endete damit, das Maik ihm „ganz aus Versehen" noch einen sehr unangenehmen Schlag in den Bauch verpasst hat.

Natürlich war das unsere erste und letzte Stunde bei Günther und Davids erste und letzte Boxstunde überhaupt. Ich konnte ihn leider nie wieder überreden, es noch einmal zu versuchen und ein Probetraining zu absolvieren.

„Du meinst, ich soll zum Boxen mitkommen, statt es mir an meinem freien Abend mit Chips und Cola vor dem Paramount Channel gemütlich zu machen", wollte Lidia von mir wissen.

Typisch Lidia, als Diplom-Sportlehrerin und professionelle Ernährungsberaterin versagt sie dem armen Jonathan alles das, was lecker ist und gut schmeckt, weil er natürlich streng auf seine Figur achten muss, um

Lidias hohen Ansprüchen gerecht zu werden. Neben Lidias umfassenden Ernährungshinweisen gehört zu Jonathans täglichem Programm auch noch ein ausgeklügeltes zwanzigminütiges Crossfit-Training, das kurz, aber super anstrengend ist.

Kaum ist Lidia jedoch unbeobachtet, haut sie sich alles rein, was ihr schmeckt, was man ihr trotz ihres täglichen Trainings auch ein bisschen ansieht. Keine Ahnung, wie sie diese leichten körperlichen Defizite Jonathan erklärt.

„Deine Entscheidung", sag ich schulterzuckend.

„O.k., ich komm mit, wenn wir anschließend noch einen Vino im Club trinken."

Das Boxtraining findet im Playa de Sol Country Club statt, in dem Lidia auch als Sportlehrerin arbeitet. Sie liebt es, in der Clubbar abzuhängen und ein bisschen Peoplewatching zu machen. Insbesondere liebt sie es, mir dabei das eine oder andere "Geheimnis " über ihre Klienten anzuvertrauen. So bin ich erstaunlich gut im Bilde, was sich so alles in der vornehmen Gesellschaft im Südwesten der Insel tut.

Nachdem wir unsere Sachen gepackt haben, erscheinen wir pünktlich um 20 Uhr zum Training.

„Hi Emi, hi Lidi", begrüßt unser Trainer Harry uns. Harry ist Engländer, ehemaliger Semiprofi und arbeitet heute hauptberuflich als Bauträger auf der Insel. Irgendwie scheint hier jeder etwas mit Immobilien zu tun zu haben. Lidia sagt in Sachen Harry immer zu mir "be careful with this guy, he is a little Mafia", was genau sie damit meint, sagt sie nicht. Aber Lidia liebt es auch, sich immer etwas geheimnisvoll darzustellen.

Außer mir gehören ca. 10 Leute zu meinen Boxkameraden, die mehr oder weniger regelmäßig zum Training kommen. Wir sind eine recht internationale Truppe: deutsch, englisch, spanisch, russisch und schwedisch.

Das Training ist wie immer hart, wir üben viele Schlagkombinationen.....Jap,jap, cross.......jap, jap, hook left, hook right, upper cut left, upper cut right......aber es macht Spaß und setzt jede Menge Endorphine frei.

Nach dem Training und einer heißen Dusche sitzen Lidia und ich noch, wie versprochen, in der Clubbar.

Im Hintergrund läuft leichte Loungemusik. Die Bar ist wie meistens um diese Zeit sehr gut besucht. Lidia erzählt mir gerade von ihrem neuen Kunden, angeblich hat er als Model für Gucci und Versace gearbeitet, was aber wohl schon ein paar Jahre her ist. Na, jedenfalls scheint er laut Lidia wild entschlossen zu sein, sich auch in etwas reiferen Jahren einen perfekten Body zu erhalten; und wo Training alleine nicht mehr hilft, hat der Doc es eben gerichtet. Schönheits-OPs bei Männern sind ja mittlerweile nichts Besonderes mehr, schon gar nicht bei den Reichen und Schönen im Country Club. Allerdings mache ich große Augen, als Lidia mir glucksend von der kleinen Beichte ihres Ex-Gucci-Models erzählt. Lidia war wohl schon etwas genervt, dass Mr. Gucci bei jeder Übung, die auf dem Rücken liegend oder sitzend auszuführen war, erhebliche Probleme hatte. Nachdem er ihr versichert hatte, keine Bandscheibenprobleme zu haben, wollte sie wissen, was denn nun los sei. Lidia gehört zu den Menschen, denen die meisten Leute keine Antwort schuldig bleiben, weil sie ihre Mitmenschen mit ihrer sehr direkten Art, nicht selten völlig ungeniert in die Ecke drängt und so hat auch Mr. Gucci etwas schamhaft gebeichtet, dass er seinen knackigen Popo nicht der Natur, sondern einem Arschimplantat zu verdanken hat.

Während Lidia sich noch blendend über ihren armen Kunden amüsiert, halte ich Ausschau nach einem Kellner, um uns noch einen Schlürschluck zu bestellen. Mein Blick bleibt an der ansprechenden Hinteransicht eines Typen hängen, der lässig an der Bar steht. Er trägt ein T-Shirt, das wie eine zweite Haut sitzt, und dazu eine enge ausgewaschene Jeans.

„Sag mal Lidia, welche Note gibst Du dem dunkelhaarigen Typen da vorne an der Bar?"

Ein Hobby von Lidia und mir ist es, Schulnoten von eins bis sechs an Männer zu vergeben, wobei es die Kategorien, Body, Face und Ausstrahlung gibt.

„Mhhm, von mir bekommt das Kerlchen ....mhhh, mal sehen, trapezförmiger Rücken, gute Schultermuskulatur, perfekter Bizeps, ausgeprägter Latissimus und knackiger Popo, na ich würd mal sagen das ist eine zwei plus. Und was kriegt er von Dir", fragt sie grinsend.

„Ich würd sagen, na ja, solange ich ihn nicht von vorne sehen kann......" – in dem Moment verschlägt es mir die Sprache, der Typ dreht sich um.....ja genau...es ist ganz eindeutig....Pavel.

„Hat Dich der Blitz getroffen, so ein Bringer ist er nun auch nicht", Lidia knufft mir vergnügt in die Seite.

„Nee, das nicht...." stottere ich.

„Hey kennst Du den etwa? Winkt der zu uns? Schau mal, der meint uns, der schnucklige Typ, oder?"

Ich fürchte ja, antwortet meine innere Stimme. Und bevor ich auch nur einen klaren Gedanken fassen kann, steht Pavel vor uns.

„Hallo Prinzessin, schöne Überraschung Dich wieder zu sehen. Bei der Party auf Eurer Yacht mussten Dein Assistent und Du ja leider so schnell zu einem Termin aufbrechen."

Aus dem Augenwinkel sehe ich, wie Lidia der Mund herunter klappt.

Ich muss schnell reagieren, bevor Lidia und ihr vorlautes Mundwerk reagieren. Mein Gehirn läuft dermaßen auf Hochtouren, mir ist schon ganz schwindelig.

„Hey Pavel. Darf ich Dir meine Freundin Lidia vorstellen. Lidia das ist Pavel.

Wir haben uns vor drei Wochen auf Papas Yacht kennengelernt. Du weißt schon..."

„Au....", mault Lidia.

Blöde Kuh, denk ich. Und trete ihr nochmal auf den Fuß.

„Freut mich Lidia", säuselt Pavel und gibt Lidia einen galanten Handkuss.

Lidia ist ganz hin und weg und bevor ich noch überlegen kann, ob ich nun eifersüchtig bin oder nicht, setzt sich der charmante Pavel an meine Seite auf das großzügige Loungesofa, legt seinen Arm auf die Rückenlehne und damit halb um mich und lächelt mich mit einer Intensität an, die mir das Gefühl gibt, die einzige Frau auf der Welt zu sein. Oh Mann, ist der süß!

„Was darf ich Euch beiden denn bestellen", will Pavel wissen.

„Für mich kannst Du einen Snow Queen Wodka ordern", überlegt Lidia nicht lange.

Lidia pflegt ein etwas ausgefallenes Hobby. Sie ist eine große Wodkaliebhaberin und kennt sich, was Wodka angeht, auch richtig gut aus – ein weiterer Grund, warum Lidia gerne in die Clubbar geht: Hier gibt es das größte Wodka- und Gin-Sortiment der Insel und wahrscheinlich auch halb Europas.

Na, da ist sie dann auch bei Pavel als altgedientem Russen an der richtigen Adresse; und nachdem Pavel für sich einen Grey Goose und mir eine Pina Colada bestellt hat, geht's auch schon los. Die beiden erörtern leidenschaftlich die Vorzüge bestimmter Marken und streiten heftig, ob denn nun Russian Standard, Belvedere Intense, Silver Head oder Kauffman Luxury Vintage der beste Wodka sei.

Je intensiver die beiden ihre Diskussion führen, umso mehr neigt Pavel sich im Eifer des Gesprächs zu Lidia und damit über meine Beine. Mir wird zunehmend wärmer, was ich nicht nur auf die Menge des Alkohols, den ich mittlerweile verköstigt habe, zurückführe.

Gegen Mitternacht mach ich dann ungerne den Vorschlag, langsam aufzubrechen. Wir haben viel geredet und noch mehr gelacht. Pavel sieht nicht nur gut aus und ist charmant, er ist auch äußerst unterhaltsam.

Bevor wir gehen, muss ich Lidia, die vor Neugier fast platzt, auf der Damentoilette noch darüber aufklären, woher ich Pavel nun tatsächlich kenne und was es mit der Yacht auf sich hat.

„Joder....", meint sie nur, „jetzt weißt Du nicht, ob er hinter Dir oder Deinen Millionen her ist."

Mhh, so hab ich das bis her ja auch noch nicht gesehen.....

Wir verabschieden uns voneinander, leider oder zum Glück, da streiten zwei Seelen in meiner Brust, nicht ohne meinem Russian Boy, wie Lidia ihn nennt, meine Handynummer zu hinterlassen.

Pavel hat zum Glück die peinliche Sache mit der Yachtparty nicht mehr erwähnt; und ich erwähne nicht, dass wir uns schon sehr bald wiedersehen......

NEUN

Ringgggggggg, ringgggggg, ringgggghhhh........
Mein altmodischer Wecker schrillt los. Eigentlich liebe ich meinen Wecker. Ich liebe dieses gemütliche Ticken des Uhrwerks; und der kreischende Rington ist ein Garant dafür, dass man auch wirklich aufwacht.

Eigentlich ..., heute nicht, heute möchte ich weiterschlafen. Ich möchte am liebsten die Augen schließen und einen Tag vorspulen.

Aber das nützt alles nichts, da muss ich wohl oder übel durch. Ich erledige meine morgendliche Routine, duschen, etwas Make-up, anziehen und frühstücken.....und los geht's.

Pünktlich um 10 Uhr fahr ich mit klopfendem Herzen und etwas zugeschnürter Kehle auf den unasphaltierten Parkplatz direkt neben dem Baugelände, das wir uns heute anschauen werden. Obwohl ich pünktlich bin, scheinen die meisten Teilnehmer schon da zu sein, der Parkplatz ist gut gefüllt und ich drängle mich in die kleine Lücke zwischen einem blauen Audi und einem schwarzen Geländewagen.

Ich bin ja nur froh, dass ich den Termin seitens unseres Büros alleine wahrnehme. Anscheinend scheint mein Chef der Meinung zu sein, dass ich hier nicht allzu viel vermasseln kann. Trotzdem, ich bin so aufgeregt: zum einen, weil ich Pavel wieder sehen werde, zum anderen, weil ich hier ja mit sozusagen zwei Identitäten herumlaufe – Frau van Steen, die angestellte Immobilienmaklerin von Feige und Partner, und Emi, die Millionenerbin.

Ich begrüße einige Leute und stelle mich vor. Pavel ist noch nicht da.

Auf einem großen Tapeziertisch ist ein Lageplan von dem gesamten Areal ausgebreitet. Das zukünftige Baugebiet ist riesig und reicht bis an die Küste zwischen Sol de Mallorca und El Torro.

Während einige Leute, die anscheinend für die Vermessung zuständig sind, ihre Arbeit aufnehmen, fotografieren andere die vorhandene Vegetation, machen Vermerke auf Plänen und in anderen Dokumenten. Kleine Gruppen bilden sich und diskutieren. Es herrscht allgemein geschäftiges Treiben. Niemand scheint meine Hilfe zu benötigen und so vertreibe ich mir die Zeit und schaue mir die Pläne genauer an.

Moment Mal, irgendwie kommt mir hier doch einiges bekannt vor. Diese Gruppierung der Häuser habe ich doch schon gesehen und der Projektname „Urbanización el Paraíso"......Ja natürlich, das war auf der Yacht. Das sind die Pläne, die David und ich dort an den Wänden und auf dem Besprechungstisch gesehen haben. Aber das war doch alles als Naturschutzgebiet gekennzeichnet. Damals haben David und ich gar nicht weiter darüber gesprochen, und ich habe ehrlich gesagt auch gar nicht mehr an die Pläne gedacht. Bei mir sind nur der Schreck von Pavel, den ich vor drei Wochen ja noch nicht näher kannte, auf unbefugtem Terrain erwischt zu werden, und Davids und meine "aufregende Flucht" in Erinnerung geblieben.

Aber stimmt, wir haben uns gewundert, warum auf den Plänen Vermerke zum Naturschutzgebiet waren – und auf einem anderen Plansatz, für genau das gleiche Areal, eine umfangreiche Bebauung zu sehen war. Ich glaub, wenn ich überhaupt etwas dazu gedacht habe, habe ich es als verwegene Bauutopie abgespeichert.

Aber..., das scheinen ja ganz konkrete Planungen zu sein. Heute sind, wie ich der Teilnehmerliste aus unserem Büro entnehmen konnte, ja auch einige Leute aus der Verwaltung vor Ort.

Aber was hat unser Büro und was hat Herr Feige denn mit den Bauplanungen von meinem "Vater" zu tun?

In dem Moment höre ich das tiefe Blubbern eines im niedrigen Drehzahlenbereich langsam heranfahrenden Sportwagens, ich drehe mich um und richtig: Pavel und seine zwei Begleiter, die ich schon gestern bei uns im Büro gesehen habe, fahren vor. Alle drei steigen aus, alle drei stecken wie gestern schon in schicken, teuer aussehenden Anzügen. Ich gehe langsam einige Schritte seitwärts und werde so durch eine kleine Gruppe in ein intensives Gespräch vertiefter Leute verdeckt. Ich beobachte Pavel und seine Begleiter, die gerade überschwänglich von zwei etwas konservativ aussehenden Herren, vielleicht Mitarbeitern der Verwaltung, begrüßt werden.

Gerade habe ich beschlossen, mich langsam rückwärts zu bewegen, in einem kleinen Bogen zu meinem Auto zu schleichen und unauffällig von hier zu verschwinden, da hör ich jemanden „Vorsicht" brüllen, im gleichen Moment höre ich einen spitzen Schrei, der war doch wohl nicht von mir, fühle einen Schmerz, der mir

die Tränen in die Augen treibt im Bereich meines Aller-
wertesten und find mich auf dem Rücken liegend und in
den blauen Himmel schauend wieder.

Mist, was war das denn? Während ich noch versuche
zu begreifen, was geschehen ist, weicht der blaue Himmel zwei strahlend blauen Augen, in die eine dunkle
Haarsträhne fällt und ich höre eine mir bestens vertraute, weiche Reibeisenstimme fragen: „Emi, was machst
Du denn hier? Kommst Du als Vertreterin Deines Va-
ters? Hast Du Dir sehr wehgetan?"

Mein VATER? ....durchfährt es mich heiß. Der ist
doch wohl nicht auch hier? Nein, wie peeeeeinlich!
Bitte, bitte nur das nicht, flehe ich innerlich.

"Mensch junge Frau", der blaue Himmel verschwindet nun gänzlich, und über mir erscheint ein zweites
Augenpaar und Gesichtszüge, die mir bedenklich entgegen sacken. Sehr unvorteilhaft, denk ich noch so bei mir,
ich muss aufpassen, dass ich mich nicht mal so unschön
über jemanden beuge, da geht's auch schon weiter:
„Ham se denn keene Augen im Kopf. Ich ruf noch, dass
se aufpasse solln und da trampeln se mer auch schon in
meene Vermessungsschnüre und reißen mer das janze
Jerüst hernieder. Als hätt ich Zeit und Lust, das alles
noch mal zu mache. Wie kann man denn auch mit solche Schuh auf de Baustelle komm, herrje noch mal."

Ich hebe meinen Kopf und tatsächlich überall, ca. 20
cm über dem Boden, irgendwelche Vermessungsschnüre.

Pavel reicht mir seine Hand und hilft mir vorsichtig
aufzustehen.

Oh Mann, tut das weh, das wird einen schönen
blauen Fleck geben, sinniere ich.

„Wo steht denn Dein Wagen", fragt Pavel mich und führt mich fürsorglich Richtung Parkplatz und weg von der Möglichkeit, meinen „Papa" kennen zu lernen. „Am besten, Du fährst erstmal nach Hause und versorgst Deine Verletzungen", sagt Pavel und es gelingt ihm nicht völlig, dabei ein Grinsen zu unterdrücken.

„Ich ruf Dich an", meint er dann noch und lässt mich den Motor starten.

Ich winke ihm zu, verlasse langsam den staubigen mit Schlaglöchern übersäten Parkplatz, werfe noch mal einen Blick in den Rückspiegel und sehe Pavel, den ich neben einem dunklen Geländewagen stehend hinter mir zurücklasse.

ZEHN

Ich bin wieder zu Hause angekommen und schau mir im Spiegel die Folgen des ungedämpften Falls auf meinen Popo an. Wie vermutet, bekomme ich einen ordentlichen blauen Fleck, wobei Flatschen hier wohl die bessere Beschreibung ist.

Ich rufe im Büro an und entschuldige mich für den restlichen Tag, irgendwie erscheint mein kleines Malheur meinen Chef nicht besonders zu verwundern. Wahrscheinlich ist er nur froh, dass ich dabei keinen Kundenkontakt hatte, der ein unvorteilhaftes Licht auf das strahlende Image von Feige und Partner werfen könnte.

Den Nachmittag verbringe ich gemütlich mit Ingwertee und einem Stapel Zeitschriften. Gegen Abend spring ich schnell über die Straße in den kleinen Eroski-Supermarkt und kaufe alles ein, was ich für ein thailändisches Hühnercurry brauche.

Thailändisches Hühnercurry ist außer Nudeln und so etwas, was man ja nicht wirklich zu den Kochkünsten zählen kann, das einzige Gericht, das ich zubereiten kann. Allerdings kann ich das auch wirklich gut. Immer wenn ich jemanden verwöhnen will, koche ich Thaicurry mit Huhn. Und für heute Abend plane ich einen gemütlichen WG-Abend mit lecker Thaicurry und will damit David und Lidia überraschen.

„Mhhh, das riecht aber gut", Lidia und David kommen gemeinsam zur Tür rein. „Super, Du hast für uns gekocht", freut sich David und sitzt auch schon erwartungsfroh an unserem kleinen Küchentisch.

„Ist das auch für uns?", will Lidia skeptisch wissen.

„Na klar, ist das für Euch. Setz Dich und zünd schon mal die Kerzen an, wir machen uns heute ´nen richtig schönen Abend", verkünde ich erwartungsfroh.

„Kommt Jonathan auch noch", wende ich mich an Lidia.

„Nee, wieder Nachtschicht", zwinkert sie mir zu und reckt ihren Hals, um zu prüfen, ob auch noch ein Tütchen Chips im obersten Küchenregal, ihrem "Geheimversteck" liegt.

Während wir uns das Abendessen schmecken lassen, erzähl ich den beiden von meinem Termin heute Morgen, meinem Zusammentreffen mit Pavel und meinem schmerzhaften kleinen Unfall.

Ich berichte Lidia noch einmal umfassend von Davids und meinen Erlebnissen auf der Party auf der Yacht vor zwei Wochen und auch von den Bauplänen, die wir bei unserer unbeabsichtigten Schnüffelei entdeckt haben, sowie noch einmal ausführlich darüber, wie Pavel uns entdeckt hat und warum er mich für die Tochter des Yachteigners hält.

David und Lidia amüsieren sich herrlich über meine Schilderung, wie Pavel und seine beiden Bekannten gestern unverhofft an meinem Arbeitsplatz erschienen, über meine Angst, von Pavel vor meinem Chef und meinen Kollegen als vermeintliche Hochstaplerin entlarvt zu werden, mein Versteck auf der Toilette und über meine peinliche, überstürzte Flucht von der selbigen.

Als Lidia dann David von unserem gemeinsamen gestrigen Abend und meinem Russian Boy, der mich laut Lidia soooo süüüß angeschmachtet hat, erzählt, entdeck ich einen kleinen Anflug von Eifersucht in Davids Augen. Tja, Pech gehabt Kumpel, der steht nun mal nicht auf Jungs, denk ich so bei mir.

„Was ich nicht verstanden habe", sagt Lidia mit noch vollem Mund, „wie kommt Dein Chef denn an die Baupläne, die ihr auf der Yacht gesehen habt? Das funktioniert ja nur, wenn Dein Dir noch unbekannter Vater, dem die Yacht gehört, und Dein Chef das auf diesen Plänen dargestellte Bauvorhaben gemeinsam realisieren wollen. Du solltest unbedingt bei Euch im Büro mal herausfinden, wer der Partner von Deinem Chef ist."

„Ja und irgendwie hängt Dein Russian Boy ja auch in dieser Baugeschichte mit drin", meint David. „Hat er Dir eigentlich erzählt, was er beruflich macht?"

„Hhm", überleg ich, „darüber haben wir gestern Abend eigentlich nur kurz gesprochen. Wie ich verstanden habe, arbeitet er wohl für diesen Spanier, Señor Bonafe, mit dem er gestern auch bei uns im Büro war. Der scheint eine Menge Geld zu haben und in verschiedene Geschäfte zu investieren, u.a. auch in dieses Bauvorhaben von meinem Chef."

„Schön und gut", mischt sich Lidia ein, „mich würd aber mal interessieren, wie Bauen im Naturschutzgebiet funktionieren soll. Spanien ist doch keine Bananenrepublik, wir haben hier total strenge Baugesetze, gerade auf Mallorca kannst Du nicht mehr bauen, wie Du willst."

„Interessante Frage, sage ich zwischen zwei Bröseln Baguette. Ich glaub, da werde ich mich in den nächsten Tagen mal ein bisschen genauer im Büro umsehen."

„Oh man Emi, bitte nicht schon wieder", stöhnt David.

Ich grinse nur.

„Wieso", will Lidia wissen. „Bist Du nebenberuflich als Privatdetektivin tätig? Neugierig genug wärest Du ja."

„Ich weiß, was Du denkst. Vergiss es", kreischt David und wirft ein Stück Baguette haarscharf an meinem Kopf vorbei.

„Ich denk ja gar nicht dran", quieke ich, werfe mit etwas Baguette zurück und treffe ihn auch.

„Sag mal, spinnt ihr jetzt völlig!", ruft Lidia uns zur Ordnung. ...und kann mich vielleicht auch mal jemand aufklären."

David räuspert sich. „Also, nachdem Emi sich das letzte Mal ein wenig umgesehen hat, wurde bei uns in Leipzig das Ortsamt anschließend geräumt, das Gebäude steht übrigens heute noch leer und die Schlagzeilen in der örtlichen Presse reichten von ‚Gift im Ortsamt' bis ‚Der Grundriss des Todes'."

„Was bitte?", prustet Lidia los.

Ok, ich gebe zu, ich habe zwei kleine Fehler: Erstens, ich bin seeeehr neugierig und zweitens, wenn ich mal anfange ein klein bisschen zu schnüffeln, kann ich nicht mehr aufhören, egal was passiert. Da gehen bei mir die Scheuklappen runter und ich marschier los.

Die Geschichte, die David meint, fing eigentlich ganz harmlos an. Mein alter Chef in Leipzig, von der Gröler-International-Realestate-Gruppe, hat mich eines schönen Tages zum Ortsamt geschickt, um ein paar Informationen zu einem Sanierungsgebiet, in dem wir bauen wollten, zu recherchieren. Zufällig bin ich mit dem zuständigen Mitarbeiter so über dies und das ins Plaudern gekommen. Im Verlauf des Gesprächs erzählt er mir, dass es im Ortsamt zu unverhältnismäßig vielen Krankheitsfällen mit immer gleichen Symptomen über die Jahre hinweg gekommen sei: Kopfschmerzen, Übelkeit, allergische Reaktionen, Sehprobleme und Schwindel.

Zurück im Büro google ich so ein bisschen zum Zeitvertreib – ja, und da fängt die Geschichte an für mich spannend zu werden. Ich bringe in Erfahrung, dass im Gebäude des heutigen Ortsamtes zu DDR-Zeiten ein galvanischer Betrieb untergebracht war. Bei der Galvanik, wie ich mich sachkundig mache, wird durch elektrolytische Bäder Strom geschickt mit dem Ziel, Oberflächen von Gegenständen zu veredeln. Bei diesem Vorgang werden Metallionen, also winzigste Metallpartikel, gelöst, die sich dann auf dem zu veredelnden Gegenstand niederlassen und ihm z.B. eine Kupferoberfläche verleihen.

Bei diesen Verfahren wird mit hochgiftigen Substanzen gearbeitet.

Na ja, wie sich nach einigen weiteren Recherchen, vielen Gesprächen und durch einige interessante Kontakte, die durch David zustande kamen, herausstellte, gab es wohl grobe Mängel, was die Sicherheitsvorschriften hinsichtlich des Umgangs mit diesen Chemikalien anging, was damals in der DDR nicht ganz unüblich war. Das Erhebliche bei der Sache war allerdings, dass der damalige Bauträger, der das Gebäude nach der Wende von der Treuhand gekauft und erhebliche Fördergelder für die anstehende Schadstoffsanierung erhalten hatte, die Schadstoff nicht entsorgt hat, sondern einfach über die alten Böden neue Bodenbelege gelegt, alte Wandoberflächen lediglich überstrichen hat usw. Fazit: Das Gift ist im Gebäude geblieben, der Bauträger hat die Subventionen in die eigene Tasche gesteckt, anstatt eine ordentliche Schadstoffsanierung zu machen; und die Leute, die später ihre Büroräume in dem Gebäude hatten, wurden durch die langsam, aber stetig ausströmenden Gifte reihenweise krank.

Als das Ganze dann, nicht gänzlich ohne meine Hilfe, publik wurde, hat die Presse es gierig aufgegriffen, riesige Schlagzeilen daraus gemacht, mit der Konsequenz, dass das Ortsamt dann zum Glück geräumt wurde.

Ich erkläre Lidia die Geschichte, auf die David anspielt, so kurz wie es mir möglich ist.

„Nicht schlecht", meint Lidia, „dann bist Du in Leipzig ja eine kleine Berühmtheit."

„Nee, nee."

„Berühmt-berüchtigt", stänkert David aus seiner Ecke.

David ist etwas angefressen, weil er damals ein paar interessante Kontakte zu Leuten, die zu DDR-Zeiten in dem Galvanischen Betrieb gearbeitet hatten, für mich hergestellt hat und dann gänzlich ungewollt mit ins Licht der Öffentlichkeit gezogen worden ist, was insofern zeitweise etwas unangenehm war, da der Bauträger, der den Sanierungsbetrug zu verantworten hatte, es ganz und gar nicht lustig fand, dass die Geschichte aufgedeckt wurde und David und mir dies dann auch durch etwas unangenehme Zeitgenossen, die wohl zu seinem erweiterten Bekanntenkreis gehörten, zur Kenntnis gebracht hat.

„Komm schon David, was soll denn passieren? Ich seh mich doch nur mal ein bisschen um."

David rollt mit den Augen. „Ja, ja mach Du mal, aber glaub ja nicht, dass ich irgendetwas davon wissen will."

„Da bin ich ganz der Meinung von Emi. Scheint doch wirklich eine ganz harmlose Sache zu sein. Und wenn nicht, ist da ja immer noch "The Man with the Gun", der uns todesmutig vor allen schwarzen Mächten schützen wird......", konstatiert Lidia dramatisch.

„Zimteis oder Schoko", frage ich, um das Thema für heute abzuschließen.

„Beides. Kommt es sofort von meiner linken und rechten Seite." Na wenigstens in dem Punkt sind wir uns einig.

ELF

Am nächsten Morgen habe ich einen Außentermin gemeinsam mit Lackschühchen.

Wir treffen uns mit einem deutschen Ehepaar in Cas Catala, einem Stadtteil von Palma, um uns eine echte Hammer-Villa anzusehen. Sie liegt in erster Meereslinie und gehört einem arabischen Scheich, der sie mit jedem erdenklichen Luxus geradezu vollgestopft hat. Bäder aus schwarzem Marmor mit zahlreichen Goldapplikationen, holzgetäfelte Wände, schwere Samtvorhänge, Teppiche mit eingearbeiteten Swarowskys. Das Haus hat eine Wohnfläche von 700 qm und verfügt neben einer eindrucksvollen Eingangshalle, mehreren Salons, Schlafzimmern mit Bädern en suite auch über ein innenliegendes Schwimmbad, ein türkisches Dampfbad und ein Hauskino.

Der stolze Kaufpreis beträgt neunzehn Millionen Euro!

„Ah, freut sich Lackschühchen, da kommen unsere Kunden schon." In die palmengesäumte Einfahrt des Anwesens biegt ein kleiner Seat, der langsam auf uns zu rumpelt, anders kann man das Fahrverhalten des offensichtlich nicht mehr ganz neuen Gefährts wohl nicht nennen.

Direkt vor uns kommt das Fahrzeug zum Stehen. Die Fahrertür öffnet sich, eine sonnengebräunte männliche

Hand legt sich auf den oberen Türrahmen, eine zweite Hand umfasst den Türholm und mit sichtbarer Anstrengung zieht unser Herr Kunde sich aus dem Wagen.

Du meine Güte, denk ich, so alt ist er doch noch gar nicht. Vor mir steht ein Mann, wahrscheinlich in den Fünfzigern, aber schwer zu schätzen. Seinem Gesicht sieht man jahrelanges professionelles Sonnenbaden an, da wo mal Haut war, gibt es nur noch dunkelbraunes Leder. Er scheint auch ganz gerne ein Gläschen zu heben, wie seine aufgequollenen Gesichtszüge und die rotgeäderte Nase verraten. Sein Haarwuchs ist schütter, aber was oben fehlt, hat er unten nachwachsen lassen. Das spärliche Ergebnis hat er dann zu einem ganz kleinen Zöpfchen im Nacken zusammengebunden. Im Übrigen sehen seine Haare aus, als wär ein Ölwechsel dringend vonnöten. Seine Garderobe ist betont jugendlich und soll, zumindest wohl nach Meinung unseres Kunden klarstellen, der Träger hat Geld! Und zwar viel Geld. Military Hose in Tarnfarbe, buntes, teilweise ganz lässig aus der Hose hängendes Shirt und dazu eine Seidenballonjacke, auf deren Hinteransicht ein großes goldenes Krönchen blitzt.

Krrrrchch...., da scheint eine Autotür sich aber etwas verzogen zu haben, krrrrchch...öffnet sich die Beifahrertür und die Gattin entsteigt dem Seat, so gut dies auf 20 cm hohen Highheels möglich ist. Uiiiii..., denk ich, hoffentlich hält die Hose und die Dame wird auch nicht ohnmächtig.

Wahrscheinlich verfügt das knallenge, weiße Höschen über einen hohen Stretchanteil, um gegen diese ernsthaften Bedrohungen gewappnet zu sein. Das Höschen ist kombiniert mit einem kurzen, ebenso engen

Jäckchen in Chaneloptik, abgerundet wird das Outfit durch eine übergroße, goldene Plastikhandtasche, die trendig an dem angewinkelten Unterarm baumelt. Das wirklich Auffälligste unserer potentiellen Villenerwerberin ist aber ihre Haarpracht: kreischendes gelbblond, etwas länger als schulterlang und die einzige Assoziation, die ich hier habe: Wischmopp! Die Haare stehen rings um den Kopf wie ein gigantischer Watteball ab. Die Frau muss eine fanatische Gegnerin aller Anti-Fizz-Produkte sein.

Na, wenn das mal echte Aspiranten für unsere Scheichvilla sind und Lackschühchen und ich hier nicht das Vormittagsprogramm der beiden darstellen, denke ich.

Lackschühchen begrüßt die beiden professionell.

Als erstes erklären uns Herr und Frau Schickenhuber, wie sie sich vorgestellt haben, dass sie nicht den geringsten Wert auf Autos legen, völlig überflüssige Statussymbole.

„Warum schwätzen sie dann so lange darüber", raune ich Lackschühchen in einem unbeobachteten Moment zu und fange mir dafür einen Knuff in die Seite ein.

Leider stellt sich in den nächsten Stunden heraus, dass ich mit meiner Befürchtung, das Vormittagsprogramm der Eheleute Schickenhuber zu sein, Recht habe.

Ewig hat sich insbesondere Frau Schickenhuber das Haus detailliert angesehen, alles ausgiebig kommentiert, mit dem Ergebnis, das sie alles eigentlich doch schon in viel besserer Ausstattung, Qualität, Design etc. gesehen hat, und ach.. ...von so einem Kameltreiber kann man ja eigentlich auch nicht wirklich ein Haus kaufen, nein, da ist der Wischmopp doch anderes, selbstverständlich Besseres gewohnt. Genauso „elegant" wie die beiden ihrem Antistatussymbol entstiegen sind, klettern sie auch wieder hinein und rumpeln davon in die Welt der Schönen und Reichen, zu denen sie ganz bestimmt gehören...

„Sagen Sie mal, Herr Jones, nachdem wir nun den ganzen Vormittag Zeit und Geduld verschenkt haben, sollten wir uns da nicht in unserer Mittagspause einen kleinen Imbiss in einem netten Lokal in der Stadt gönnen", frage ich erwartungsvoll.

„Gute Idee, Frau van Steen."

„Lassen sie mich nur noch eine Kleinigkeit erledigen und in zehn Minuten treffen wir uns im Mare am Paseo Maritimo, in Ordnung?"

Einige Minuten später bin ich im Mare und ergattere gerade noch einen sehr schönen Tisch in dem gut besuchten Lokal, noch dazu direkt am Wasser.

Mein Plan ist, meinen Entschluss von gestern Abend in die Tat umzusetzen und Lackschühchen ein bisschen auszufragen. Vielleicht hat er ein paar Hintergrundinformationen zu dem aktuellen Bauvorhaben von Herrn Feige und seinen Spezies.

Das Mare ist sehr beliebt bei Geschäftsleuten, aber auch bei Touristen. Die Küche ist gut und für Palma auch recht preisgünstig.

Während ich so am Tisch sitze und warte, werde ich Zeugin eines interessanten Gespräches am Nachbartisch, zwischen einem vielleicht sechsjährigen Jungen und seiner Mutter.

„Na, was soll Mama denn nun zeichnen? Einen Tyrannosaurus rex oder einen Bagger?"

„Bagger."

„Ach komm, Mama zeichnet doch immer einen Bagger. Ist doch langweilig. Heute zeichne ich mal einen Tyrannosaurus rex, oder?"

„Na, jetzt sag schon, einen Bagger oder einen Tyrannosaurus rex."

„Bagger."

„Nee, Bagger ist doch doof. Mama zeichnet einen Tyrannosaurus rex, oder? Was denn nun, Tyrannosaurus rex oder einen Bagger."

„Bagger."

Respekt, der kleine Mann weiß, was er will.

Ah, und da kommt auch schon Lackschühchen. Er steuert direkt auf meinen Tisch zu.

Lackschühchen schwingt sich geschmeidig auf den freien Stuhl neben mir.

„Ach, Frau van Steen, so nervig auch Termine wie der heute Morgen mit unseren beiden Wanna-bes sind, wenn man dann so seine Mittagspause bei strahlendem Sonnenschein und Meeresrauschen verbringen kann, spätestens dann weiß man wieder, -we are the lucky ones-, nicht wahr?"

Recht hatta.

„Wie haben Sie sich denn so auf der Insel und bei uns im Büro eingelebt? Komm'se mit ihren beiden Kolleginnen klar?"

„Mhh, im Großen und Ganzen schon, sind ja eigentlich ganz nett die beiden Mädels. Und klasse Immobilien haben wir im Angebot. Das macht schon Spaß. Na ja, und das neue Bauprojekt scheint ja auch 'ne große und spannende Geschichte zu werden", versuche ich das Gespräch geschickt in die richtige Richtung zu lenken.

Mr. Jones' fröhliche Mittagspausenlaune verdüstert sich ein wenig, so erscheint es mir jedenfalls.

„Das ist schon 'ne große Sache, ja klar, aber machen Sie sich da mal keine Hoffnungen, das liegt alles beim Chef auf'm Tisch, mit den Projektierungs- und Bauge-schichten haben wir nichts zu tun."

„Sehen wir mal lieber zu, dass wir gleich bei unserem nächsten Termin ´nen schönen Abschluss machen, wär ja auch nett für ihre Kasse", grinst Lackschühchen mich an.

„Aber.....", schieb ich schnell nach, ".....sind ja inte-ressante Typen, die Geschäftspartner von....."

„Hola, qué tal? La carta......", fällt mir die Bedienung ins Wort.

Mr. Jones bestellt einen Salat Nicoise und ein stilles Wasser, ich schließe mich an.

Mr. Jones setzt sich dann seine goldverspiegelte Sonnenbrille auf. Ich mag das gar nicht, wenn ich die Augen meines Gesprächspartners nicht mehr sehe.

Betont gemütlich räkele ich mich auf meinem Stuhl und frage dann ganz unverfänglich: „Kennen Sie die Herren denn auch näher?"

„Welche Herren?"

Hocchhhh, der macht's mir schwer.

„Na, die Geschäftspartner vom Chef, die neulich im Büro waren. Der Ältere von den dreien hat ja etwas von Al Capone."

Mr. Jones zuckt zusammen. Und das hab ich mir nicht eingebildet.

„Ja....ja, so vom Guten Tag und Auf Wiedersehen kenn ich die. Sonst nicht. Wie gesagt, Frau van Steen, ist

Chefsache. Mhhh, da kommt ja unser Salat. Lassen's sich schmecken, guten Appetit Frau van Steen."

„Ja 'nen Guten, Mr. Jones." Während ich auf meinen Salatblättern kaue, überleg ich mir, wie ich an ein paar Infos komme. Lackschühchen hilft mir da jedenfalls nicht weiter, stell ich ernüchtert fest. Aber auf jeden Fall sagt mein Gefühl mir, da gibt's irgendeine Geschichte. Lackschühchen will mir ganz bewusst nichts erzählen, obwohl er sonst wirklich recht verquatscht ist. Außerdem bin ich mir sicher, dass er sich bei dem Thema sehr unwohl fühlt. Meine Neugier ist jedenfalls geweckt.

ZWÖLF

Am Nachmittag, nachdem wir alle Außentermine absolviert haben, kehren wir noch mal ins Büro zurück. Es ist bereits recht spät, draußen wird es langsam dunkel, der Chef ist nicht mehr da, und die Mädels haben auch schon Feierabend gemacht.

Gute Voraussetzung, freu ich mich, jetzt muss nur noch Lackschühchen verschwinden.

Ich warte, während der Abendhimmel den Hafen in eine dramatisch schöne Kulissenlandschaft verzaubert, dessen wirklich atemberaubender Anblick sich hinter dem riesigen Panoramafenster direkt vor meinem Schreibtisch entfaltet. Verträumt sitz ich auf meinem Drehstuhl, Ellenbogen auf dem Tisch, und meine verschränkten Hände stützen mein Kinn. Das Büro ist in ein warmes, diffuses, rötliches Licht getaucht, die Stimmung entführt mich in eine andere Welt...

Hand in Hand gehe ich mit Pavel durch den warmen Sand eines endlosen Strandes, hinein in das Licht der untergehenden Sonne. Eine ganz leichte Brandung umspielt unsere Füße. Wir bleiben stehen, ohne ein Wort zu sagen. Ich schaue hoch, sehe in diese unglaublich blauen Augen. Pavel beugt sich leicht zu mir runter, ich schließe die Augen und unsere Lippen........ein scharfer gleißender Strahl brennt in meinen Augen, die ich erschrocken zusammenkneife, ...roms ...knallt's vor mir...... „Wär schön, wenn se das sich in Vorbereitung auf unsere Termine morgen noch anschauen könnten.....", ertönt die Stimme von Mr. Jones, und irgendwie kriege ich noch mit, dass es leicht zieht, während die Außentür sich hinter Mr. Jones schließt, mir noch ein...noch 'nen schönen Abend.....in den Ohren hallt.....und sich meine Augen langsam an das helle, kühle Neonlicht, das Mr. Jones vor dem Verlassen des Büros noch angemacht hat, gewöhnen.

Willkommen im Jetzt. Blitzschnell bin ich jedoch wieder bei mir und hellwach, mein Herz klopft aufgeregt. Endlich allein. Ich bin wild entschlossen, ein bisschen in Sachen Bauprojekt herumzuschnüffeln. Dumm ist nur, dass man eigentlich im Verborgenen schnüffelt. Ich hingegen sitze im hell erleuchteten Aquarium. Draußen ist es inzwischen dunkel, unser Büro ist komplett verglast und das Neonlicht brennt. Mhh, überleg ich. Heute muss ich die Stellung bis 21 Uhr halten, solange ist offiziell geöffnet, und eine Verdunklungsaktion vorher wäre nicht klug, falls noch mal jemand von den Kollegen hereinschaut.

„Hallo, guten Abend, prima, das noch jemand da ist", flötet es von der Tür, durch die sich gerade ein älteres Pärchen hinein ins Büro schiebt. „Wir haben da so eine schöne Finca im Schaufenster gesehen", flötet es weiter von der Dame.

Ach, auch das noch, Kunden kurz vor Feierabend, denk ich. Ich deck die beiden mit allen gewünschten Infos und Prospekten ein; und als ich sie endlich an der Tür verabschiede, ist es auch schon 21 Uhr. Klasse. Schnell schließ ich die Tür ab, nehme die kleine Minitaschenlampe für Notfälle von meinem Schlüsselbund und mach überall das Licht aus.

Lackschühchen hat gesagt, das Ganze sei Chefsache, also, wenn, dann find ich was im Büro von Herrn Feige. Gerade will ich mich dort hinschleichen, da höre ich Geräusche von der Tür.

Verdammter Mist, ich sehe die Silhouette einer großen breitschultrigen Person an der Eingangstür. Das muss mein Chef oder Mr. Jones sein, die beiden haben etwa die gleiche Statur. Ohne groß zu überlegen, trete ich rasch die Flucht nach hinten an und verschwinde im Schutz der Dunkelheit in dem einzigen, von richtigen Steinwänden ohne Fenster umfassten Raum, der Teeküche, von der aus es durch einen kleinen Flur zum WC geht. Kommt mir irgendwie bekannt vor die Situation, nur war es bei meiner letzten Flucht nicht stockdunkel.

Wieder einmal schlägt mir das Herz bis zum Hals. Warum bin ich nur immer in so blöden Situationen, frage ich mich.

Ich höre schnelle Schritte. Das muss mein Chef sein, der noch mal in sein Büro geht. Im Büro jedoch bleibt es dunkel, unter der angelehnten Tür zur Teeküche, hinter der ich stehe, erscheint kein Lichtstrahl. Was mach ich nur, wenn mein Chef noch mal aufs Klo muss. Oje, ich kann doch niemals erklären, warum ich bei abgeschlossener Außentür im Stockdunkeln hinter der Küchentür stehe.

„Verdammt…", höre ich die wütende Stimme meines Chefs. Unmittelbar darauf höre ich erneut Schritte im Büro. Eine weitere Person muss das Büro betreten haben.

„Bist Du verrückt geworden, Dich hier im Büro sehen zu lassen! Was glaubst Du, was los ist, wenn man uns zusammen sieht!", faucht mein Chef aufgebracht.

„Gar nichts passiert. Außer Deiner mickrigen Schreibtischleuchte ist es hier zapfenduster."

Die Stimme ist eindeutig männlich, aber leise und für einen Mann sehr hoch, fast würde ich sagen eine Fistelstimme. Ohne den Sprecher zu sehen, erscheint mir die Person unsympathisch, beinah etwas unheimlich.

„Was willst Du hier überhaupt?", will mein Chef wissen.

„Tja, wie gut ich Dich doch kenne, Markus. Irgendwie hatte ich nach unserem etwas unerfreulichen Gespräch, eben mit Bonafe, das dumme Gefühl, Dich genau hier zu treffen."

„Schau mal an, Klaus-Maria", spöttelt Herr Feige, „und was sagt Dir Dein dummes Gefühl, warum Du mich hier treffen solltest?"

Stille.........

Dann ein Räuspern und fast nicht zu verstehen: „Vielleicht hast Du ja genau hier Deine Lebenspolice versteckt. Vielleicht im Safe? Blöd genug wärest Du ja."

Ich stehe immer noch hinter der Küchentür, atme flach und lausche so angestrengt, dass mein ganzer Körper schon völlig verkrampft ist und es in meinen Ohren rauscht. Wer ist nur dieser unsympathische Flüsterer? Aber die Stimme kenne ich definitiv nicht. Hätte ich die schon mal gehört, hätte ich sie mir hundertprozentig eingeprägt. Außerdem, was quatscht der Kerl da für ein Zeug, von wegen Lebensversicherung von meinem Chef. Was geht ihn das an? Warum interessiert der sich überhaupt dafür?

„Andererseits", flüstert die Stimme weiter, „vielleicht ist ein so nahe liegender Ort als Versteck Deiner Meinung nach ja besonders schlau ausgewählt.

„Bist Du jetzt völlig übergeschnappt?", kreischt der sonst so beherrschte Herr Feige. „Steck die Knarre weg."

Was für 'ne Knarre kreische auch ich, allerdings zum Glück nur meine innere Stimme.

Ich höre ein ganz leises Lachen, was sich wirklich richtig fies und böse anhört.

„Mach Dir keine Sorgen Markus, öffne nur ganz vorsichtig den Safe und lass mich mal hineinschauen", flüstert die Stimme weiter.

„Und was möchtest Du finden, Klaus-Maria?" Herr Feige hat sich wieder etwas besser im Griff.

„Du weißt, was ich suche – und das hätte ich gern, bevor es jemand anderer bekommt oder Du selber noch Dummheiten damit machst."

Wieder Stille....

Du meine Güte, ist das alles real? Passiert das wirklich mir? Es dröhnt in meinem Kopf. Ich krieg kaum noch Luft, so langsam und flach atme ich vor lauter Angst, erwischt zu werden. Aber was hier so einen Lärm macht, ist wohl das Rauschen meines Blutes in meinem Kopf und mein eigener Herzschlag, den ich höre.

Es ist zerreißend still.

Jede Sekunde rechne ich damit, einen lauten Schuss zu hören oder wohl eher ein dumpfes...plopp....klar, rings um unser Büro befinden sich Geschäfte, die teilweise noch geöffnet haben und ein Haufen von Kneipen, Restaurants und Leuten. Klar, der Flüsterer wird

doch einen Schalldämpfer benutzen. Herrje, meine Gedanken gehen wieder komplett mit mir durch....

„Schon gut, schon gut", sagt mein Chef leise, „schau
selber nach, da drin ist nichts; und wie ich Dir schon
hundert Mal gesagt habe, habe ich auch nichts. Du
kannst mir glauben, ich wäre froh, wenn ich gegen Bonafe und seine Leute etwas in der Hand hätte. Ich würde
dann auch besser schlafen."

„Mensch, Klaus-Maria", fleht Herr Feige eindringlich
weiter", lass uns einen kühlen Kopf behalten und die
Nummer weiter durchziehen. Wir kommen da so oder
so nicht mehr raus. Wichtig ist, dass wir uns nicht ge-
genseitig noch bekriegen, wir müssen zusammenhalten,
gerade weil die Nummer diesmal riesig ist. Aber sie
bedeutet für uns beide nicht nur die Rettung, sondern
ein verdammt gutes Leben.....denk daran."

„Halt Dein Maul", flüstert es wieder. „Das Einzige,
um das ich mir Gedanken mache, sind Deine Nerven
und Dein nicht vorhandenes Rückgrat. Merk Dir für die
Zukunft, dass Du mich sehr ernst nehmen solltest; und
wenn Du Scheiße baust, dann.......wird Dir das sehr, sehr
leid tun", flüstert die böse Stimme.

Wieder höre ich eine Weile nichts, dann.......wieder
der Flüsterer:

„Ich wünsche Dir noch einen erholsamen Abend,
Markus – und sei morgen pünktlich, wir wollen schließlich gegenüber der Presse und den Medien entspannt
und zuversichtlich aussehen, wenn wir unser kleines
Bauprojekt erstmalig der Öffentlichkeit präsentieren."

Schritte hallen und es herrscht Ruhe. Ich glaube, der
fiese Typ ist verschwunden. Kurz darauf wieder Schritte,

Schlüsselgerassel, wieder Stille. Auch Herr Feige muss gegangen sein.

Ein paar Minuten später traue auch ich mich hinter der Küchentür hervor. Kein Licht brennt, aber meine Augen haben sich an die Dunkelheit gewöhnt, ich schnappe meine Tasche, die noch unter meinem Schreibtisch liegt, schließe die Tür auf, husche heraus; und gerade als ich die Tür wieder abschließen will, höre ich einen schweren Dieselmotor und sehe, dass ein paar Meter neben mir ein dunkler Geländewagen mit laufenden Motor steht, der ohne Scheinwerferlicht gerade von dem Parkplatz im Hinterhof unseres Büros gekommen sein muss. Ich sehe nur die dunkle Silhouette des Fahrers. Ist das der Flüsterer? Er muss zu mir schauen, kann mich aber genauso wenig erkennen wie ich ihn. Vor unserem Büro ist es dunkel, die Nachbarläden haben ebenfalls inzwischen zu gemacht. Das nächste Restaurant liegt vielleicht 50 m entfernt, und auch der dazugehörige Biergarten hat um diese Jahreszeit so spät abends geschlossen.

Unsere Blicke sind ohne zu sehen für eine Weile miteinander verschmolzen. Ein Schauer läuft mir über den Rücken, der schwere Dieselmotor wummert wieder einen Moment los, und dann sehe ich nur noch Scheinwerfer aufflackern, dann die Rücklichter. Wie aus einem bösen Traum erwach ich, ordne meine Gedanken und bewege mich instinktiv in Richtung der nächsten Menschenansammlung, in der ich untertauche.

Ich stehe mitten in einer Gruppe von vielleicht einem Dutzend englischer Touristen, die wohl einen feuchtfröhlichen Abend im Hafen verbringen möchten. Ein ganz sympathischer, etwas älterer Herr, legt den Arm um mich und fragt in mir völlig unverständlichem Englisch etwas.

Gerade möchte ich mich des britischen Armes entledigen, da kommt ein dunkler Jeep langsam um die Kurve, fährt sehr langsam an der Gruppe, in deren Mitte ich stehe, vorbei und verschwindet hinter der nächsten Kurve.

Schluss mit lustig, jetzt hab ich wirklich Angst. Mist, in was hab ich mich da nur wieder hineingeritten! Ich lächle den Besitzer des völlig tätowierten Armes an, um ihn etwas bei Laune zu halten. Eins will ich auf keinen Fall. Allein und auffällig hier herumstehen, solange der Jeep und sein Fahrer nicht verschwunden sind.

Tausend Gedanken schießen durch meinen Kopf. Ich erinnere mich an den ersten Abend auf der Insel, den ich gemeinsam mit David in Palma verbracht habe, und an die zufällige, aber unheimliche erste Begegnung mit einem dunklen Geländewagen.

Überhaupt hab ich irgendwie in der letzten Zeit so einen doch recht auffälligen Wagen schon des Öfteren gesehen. Trotz angestrengter Überlegungen weiß ich aber nicht mehr wo. War es überhaupt derselbe Wagen? Ich weiß es nicht. Eins weiß ich aber ganz genau: Heute Abend, das war kein Spaß, das war auch kein großes Kino, wie David sagen würde, das war ernst, richtig ernst.

Irgendein Typ hat meinen Chef mit einer Waffe bedroht, weil der irgendetwas hat, mit dem er diesem Typen sehr viel Ärger bereiten kann. Irgendwie hat das auch wieder mit diesem immer ominöser werdenden Bauvorhaben zu tun. Der Flüsterer hat einen unangenehmen Termin mit Señor Bonafe, dem Geschäftspartner vom Chef bei dem Bauprojekt im Naturschutz-gebiet, erwähnt. Und morgen ist eine wichtige öffentli-che Präsentation für ein Baugebiet. Dasselbe? Das im Naturschutzgebiet?

Mann oh Mann, mir ist ganz schwindlig.

„Kiss, Kiss....." „Ja, küss Dich selbst, blöder Inselaf-fe......" raune ich dem wieder etwas aufdringlicher wer-denden Herrn, hoffentlich bezaubernd lächelnd, zu.

Das Schlimmste aber ist, überleg ich, dass der Typ mich beim Verlassen des Büros gesehen hat. Er kann mich genauso wenig erkannt haben, wie ich ihn. Aber es ist nicht schwer zu erraten, wer ich bin.

Vielleicht hat er nicht bemerkt, dass ich aus dem Bü-ro gekommen bin, also im Besitz eines Schlüssels sein muss, grübele ich weiter, vielleicht denkt er, ich bin nur irgendjemand. Irgendjemand aus einer Kneipe, der et-was zu viel getrunken hat und zufällig an der Tür von Feige und Partner gelehnt hat.

Vielleicht hat er mich aber auch beim Hinausgehen gesehen, dann weiß er, dass ich bei Feige und Partner arbeite. Vielleicht bin ich nur die Putze, die auch einen eigenen Schlüssel und ungefähr meine Statur hat, viel-leicht bin ich Monique oder Lara.

Vielleicht bin ich aber auch Emilie-Luise van Steen, und was passiert, wenn er das weiß?

DREIZEHN

Am nächsten Vormittag sitze ich mit Lidia und Jonathan, The Man with the Gun, am Frühstückstisch. Ich muss heute erst am Nachmittag ins Büro und Jonathan, den Lidia für heute Vormittag in unsere WG einbestellt hat, hat seinen freien Tag.

Lidia ist richtig aufgewühlt, als sie Jonathan von meinem "Abenteuer" vom gestrigen Abend berichtet.

Nachdem ich gestern Abend den Jeep an der Tourigruppe, in deren Mitte ich mich versteckt hatte, langsam vorbeifahren sah, habe ich mich nicht mehr getraut, allein zur Bushaltestelle zu gehen. Die Vermutung war nicht ganz von der Hand zu weisen, dass der Fahrer des Wagens der unheimliche Flüsterer ist, der meinen Chef mit einer Waffe bedroht hat, vielleicht auch noch gesehen hat, dass ich das Büro verlassen habe, also Zeuge des Gesprächs zwischen ihm und Herrn Feige geworden bin und somit zweifellos eine Bedrohung für ihn darstelle.

Auch wenn der Flüsterer mein Gesicht in der Dunkelheit nicht gesehen haben kann, hat er vielleicht nach einer Person Ausschau gehalten, die allein unterwegs ist und meine Statur hat.

Wenn ich ihm dann aufgefallen wäre, als ich zum Beispiel alleine an der Haltestelle stehe und auf den Bus warte, hätte dies wahrscheinlich keine unmittelbare

Gefahr für mich bedeutet, aber ganz sicher hätte er sich mein Gesicht eingeprägt und mich früher oder später im Büro von Feige oder sonst irgendwo wieder erkannt. Das Risiko konnte ich nicht eingehen und außerdem hatte ich einfach nur noch Schiss nach all dem.

Ich habe also, statt mit dem Bus heim zu fahren, Lidia angerufen und sie gebeten, mich abzuholen. Bereits eine Viertelstunde später kann sie im Hafen an. Nachdem sie mich zunächst einmal aus dem festen Zugriff des Inselbewohners, der mir dankenswerterweise unwissentlich Schutz geboten hatte, tatkräftig befreit hat, sind wir gemeinsam zurück in die WG gefahren.

Nachdem ich ihr und David, der auch gerade erst nach Hause gekommen war, detailliert alles geschildert habe, haben Lidia und David mich mittels Schlafentzug genötigt, einem Treffen mit Jonathan heute zuzustimmen. Sie sind der Meinung, männlicher Schutz und insbesondere männlicher Schutz, hinter dem noch die geballte Staatsgewalt in Form der Guardia Civil steht, sei in meiner Situation vonnöten.

Während Lidia mit ihrem spanischen zur Dramatik neigenden Temperament sprachgewaltig und mit großer Geste nun von dem mir Widerfahrenen berichtet, werden Jonathans Augen immer größer. Mir geht´s allerdings genauso, während ich fasziniert an Lidias Lippen hänge, kann ich kaum glauben, dass ich selbst die Protagonistin dieses Krimis sein soll.

„Na, jetzt sag schon Emi, ist doch so gewesen, sag mal", fordert Lidia meine Zustimmung ein.

„Ähm, ..mhh...", räuspere ich mich",...ja...schon."

„Siehst Du Joni, ich übertreib nicht. Was willst Du also unternehmen?", wendet Lidi sich nun an The Man with the Gun.

Auch Jonathan braucht erst einmal einen Moment, bis er antwortet.

„Lidi, so schlimm, wie sich das alles auch anhört – machen können wir da erst einmal nicht viel...."

„Was?", kreischt Lidia aufgebracht, „Du willst UNSERE Emi der hemmungslosen Gewalt dieses Irren schutzlos und völlig allein überlassen?? Das ist ja wohl bitte nicht Dein Ernst!" Lidia springt erbost von ihrem Stuhl auf und baut sich direkt vor Jonathan auf, den dies anscheinend auch beeindruckt. Jedenfalls sagt er sehr ruhig und beschwichtigend zu Lidia: „Lidi, überleg doch mal, wir haben keine Ahnung, wer dieser Flüsterer, wie Du ihn nennst, überhaupt ist, ja wir haben noch nicht einmal eine grobe Beschreibung von ihm. Emi kann nur sagen, dass er eine unheimliche Fistelstimme hat. Passiert ist ihr auch nichts. Was ihren Chef, diesen Herrn Feige, angeht, ja der wurde von diesem Flüsterer anscheinend bedroht. Aber auch da können wir nichts machen, solange er nicht selber damit zur Polizei geht. Und Emi ihrerseits würde ihn doch mit der Sache nicht konfrontieren wollen, oder? Er würde, wie ich das nach Deiner bzw. Eurer Schilderung sehe, sicherlich alles abstreiten; und Emi würde sich damit erst selbst in Gefahr bringen, denn dann wäre es für Feige und diesen Flüsterer klar, dass sie von der Sache weiß und eine Bedrohung für den Flüsterer darstellt. Er wird ganz sicher nicht wollen, dass seine Identität und alles was sich dahinter verbirgt, aufgedeckt werden."

Es gefällt Lidia ganz offensichtlich nicht. Aber sie ist ein kluges Mädchen und begreift schnell, dass Jonathan Recht hat mit dem, was er sagt.

„Shit, aber ich glaube, Emi ist wirklich jetzt schon in Gefahr." Lidia kaut entschlossen auf ihrer Unterlippe, was sie immer tut, wenn sie nachdenkt. Sie setzt sich wieder auf ihren Stuhl und rührt in ihrem Kaffeebecher herum.

„Was sagst Du denn selber überhaupt dazu, Emi?", wendet sich Jonathan an mich. „Du bist ja so still."

Ich weiß nicht, was ich meinen soll, sage aber trotzdem Schulter zuckend: „Wie's aussieht, hast Du Recht. Wir haben nichts in der Hand." Und um mir selber ein bisschen Mut zu machen, füge ich hinzu: „Wahrscheinlich ist die Sache auch nur halb so wild, ich mein, was soll schon groß passieren? Wahrscheinlich hat dieser ominöse Flüsterer gar nicht gesehen, dass ich aus dem Büro gekommen bin, und denkt, da hat nur ein angetrunkener Touri an der Tür gelehnt; und das hat er wahrscheinlich auch schon vergessen."

„Und außerdem", ergänze ich, „selbst wenn nicht, auch er wird zu dem Schluss kommen, auch für den Fall, dass es einen stummen Zeugen gab, kann dieser doch nichts ausrichten, solange Feige nicht mitspielt und alles zugibt. Ich denke, der Flüsterer wird daher mit Feige noch nicht mal über die Geschichte sprechen."

Mh, denke ich, während ich mich so reden höre, da hab ich wirklich recht, das ganze hört sich viel schlimmer an, als es ist.......

....auf einmal ertönt der Song „Gangsta's paradise" von Coolio:

As I walk through the valley of the shadows
of death
I take a look at my life and realize there's nothing left
'Coz I've been blastin' and laughin' so long, that
Even my mama thinks my mind is gone

Been spending most their lives,
living in the gangsta's paradise

Been spending most their lives,
living in the gangsta's paradise

...

„Dígame ....." antwortet Jonathan, nachdem er einen kurzen Blick auf das Display seines Handys geworfen hat.

Ungewöhnlicher Klingelton für ein Bullenhandy, denke ich.....

„Pass auf", sagt Jonathan zu mir, während er aufsteht und sein Handy wieder in die Seitentasche seiner Jacke steckt, „ich hab zu Hause in meiner Bude ein paar Handwerker, da muss eine Wand rausgekloppt werden. Ich krieg nämlich 'ne neue Küche; und so'n paar andere Umbauarbeiten müssen auch noch gemacht werden, na ja und die Jungs, die das machen sollen, haben nun irgendein Problem. Ich muss da jedenfalls kurz vorbeifahren. Wenn Du willst, nehme ich Dich mit, und auf dem Rückweg setz ich Dich bei Euch am Büro ab."

„Ja super, ich muss ohnehin gleich los und dann brauch ich nicht mit dem Bus zu fahren." Flugs schnapp ich mir meine Jacke und meine Tasche, verabschiede mich von Lidia und los geht's.

Auf der Fahrt zu Jonathans Appartement in seinem Dienstwagen, in dem mit zu fahren ich recht cool finde, beruhigt Joni mich noch ein bisschen und nimmt mir meine restliche Angst.

Aber stimmt schon, gestern Abend, das war natürlich ein Schock für mich, aber was soll mir schon ernsthaft passieren, niemand hätte schließlich etwas davon.

Ich bin wirklich beruhigt und sogar schon wieder zu Scherzen aufgelegt.

„Sag mal, Joni, mach doch mal Blaulicht an, dann geht's ein bisschen schneller voran", albere ich herum.

Tatüü, tataa........

Ach Du Schreck, ich halte mir die Ohren zu. „Spinnst Du?"

„Wieso", grinst The Man with the Gun, „Du wolltest doch schneller vorankommen."

Im null Komma nichts sind wir bei Jonis Appartement, und Joni schaltet endlich die laute Sirene aus.

„Guck mal, was haben sich denn da für zwei Typen hinter Deiner Balkonbrüstung versteckt und linsen immer herunter, um sofort wieder abzutauchen."

Jonathan schaut hinauf, lacht und winkt: „Hey, Abeeku, Mamadou, ich bin's doch nur, Jonathan."

Zwei Schwarzafrikaner tauchen vorsichtig hinter Jonis Balkonbrüstung hervor, lachen dann auch und winken uns zu.

„Was sind das denn für welche?", möchte ich wissen.

„Ach, hab ich Dir doch erzählt, die beiden helfen mir beim Umbau, die kriegen nur immer gleich 'nen riesen

Schreck, wenn sie eine Polizeisirene hören, weil sie doch illegal hier sind."

Oh, denk ich, auch nicht schlecht, der Herr Polizist nimmt's wirklich nicht so genau, der beschäftigt nicht nur privat Schwarzarbeiter, sondern gleich illegale Schwarzarbeiter.

Wenn schon, denn schon.

Vierzehn

Endlich, Feierabend. Ich sitze gemütlich bei einem Ing-werteechen zu Hause in meinem WG-Zimmer, mach mir die Nägel, im Hintergrund läuft mein kleiner, etwas altmodischer Fernseher. Lidia ist noch bei der Arbeit, und David will noch mit ein paar Freunden um die Häu-ser ziehen.

Es ist doch richtig schön mal so ein gemütlicher Abend ganz allein zu Hause – keiner, der nervt, und ich kann mal richtig entspannen.

Ich glaub, ich gönn mir noch 'nen leckeres, selbst gemachtes Mousse au Chocolat. Ich trödele in die Küche und kram die benötigten Zutaten hervor. Dunkle Scho-kolade, zum Glück ist noch welche da, Sahne, Eier, Zu-cker, mhh, und Rum haben wir auch noch. Mousse au Chocolat selber machen, das zelebriere ich gelegentlich so richtig schön, mit viel Naschen zwischendurch. Drau-ßen ist es bereits dunkel, da werde ich mir noch ein paar Duftkerzen anzünden, um mein Entspannungspro-gramm so richtig abzurunden.

Wo sind nur die Streichhölzer, ich ziehe auf der Su-che nach den selbigen eine Schublade nach der anderen auf, leider ohne Erfolg. Na vielleicht im WG-Wohnzimmer. Ich geh rüber ins Wohnzimmer, steh im dunklen Raum und taste mich auf der Suche nach dem Lichtschalter unserer Stehleuchte langsam voran. Leider ist seit einer Woche jedes WG-Mitglied zu faul, mal die kaputte Glühbirne der Deckenlampe auszutauschen. Autsch, was war das? Ich beuge mich herab und taste vorsichtig......Lidia hat wieder ihre 10-Kilo-Hantel mitten im Raum liegen lassen und ich hab mir nun den kleinen Zeh schmerzhaft angestoßen, weil ich nur meine Kuschelsocken trage statt Hausschuhen. Weiter geht´s im Dunkeln in Richtung Stehleuchte ....klirr...

Was war das? Ein Blitzschlag durchfährt mich und mein Herz bleibt fast stehen. Ich atme ganz flach und trau mich nicht mich zu bewegen.

Totenstille. Unsere WG befindet sich in einem Haus mit drei weiteren Appartements. Im Erdgeschoss lebt Señora López: eine betagte spanische Dame, die sehr freundlich ist und sehr schlecht hört. Die beiden anderen Appartements stehen oft leer. Direkt unter uns wohnt ein englisches, sehr nettes, aber etwas skurriles Ehepaar, das zwischen Mallorca und London pendelt und häufig nicht da ist. Über uns wohnt ein Junggeselle, so um die sechzig. Er ist Schweizer, der Herr Eggenschwieler, er versorgt uns immer reichlich mit echter, wirklich leckerer Schweizer Schokolade. Auch er pendelt und ist häufig in der Schweiz. Gut möglich, dass Frau López und ich heute völlig allein im Haus sind, durchfährt es mich. Frau López wird garantiert nicht hören, wenn ich um mein Leben schreie. Was soll ich nur machen? ....Ring.....schrillt es durch die Wohnung, und wieder Totenstille. Das war die Klingel, und zwar nicht die an der Haustür, sondern die an der Wohnungstür. Wer ist das um diese Zeit? Ich erwarte niemanden......Ring......kalter Schweiß ringt mir aus allen Poren.....Klopf, klopf.... „Seid's ihr nicht daheim.....?"

Ich breche in mir zusammen. Das ist Herr Eggenschwieler. Ich laufe zur Tür und öffne.

„Äh, also doch jemand da. Fräulein van Steen, passen's bittschön auf, wenn Sie das Haus verlassen. Mir ist ein kleines Malheur passiert. Ich hab mir heute so'n schönes Keramikservice in Inka gekauft und jetzt ist mir der Karton beim Hinauftragen aus den Händen gerutscht. Herrje, und alles kaputt. Also da wollt ich nur kurz Bescheid sage, dass Ihr junge Leut' nicht hineintretet, wenn die eine oder andere Scherbe liegen bleibt, wo ihr's doch immer ohne Schuhe im Haus herum laufts."

„Ja danke schön Herr Eggenschwieler, da weiß ich ja Bescheid und ´nen schönen Abend noch", wimmele ich ihn ab. Nachdem ich die Tür geschlossen habe, muss ich erst einmal tief durchatmen. Meine Güte, ich bin aber auch immer schreckhaft – und das bei der kleinsten Kleinigkeit.

Ich geh in mein Zimmer, öffne meinen Schrank und suche in den Schubladen weiter nach Streichhölzern. Hier irgendwo müssen, welche sein....

„....genau auf diesen Moment freue ich mich schon sehr lange...", flüstert unvermittelt eine unheimliche Fistelstimme direkt hinter mir.

Ich werde sterben, denke ich im gleichen Moment.

Eine andere Stimme ertönt.... „Herr Raschmüller, Sie haben uns ja bereits vor dem Interview schon gesagt, dass sie die Projektierung ihres riesigen Bauvorhabens – Urbanización el Paraíso – gemeinsam mit Herrn Markus Feige schon seit mehreren Jahren betreiben. Können Sie uns heute denn einen konkreten Baubeginn nennen? Bei dem von Ihnen entwickelten Areal handelte es sich doch ursprünglich einmal um ein Naturschutzgebiet, wie ist es möglich, dass Sie dort nun tatsächlich bauen?"

Langsam drehe ich mich um.

Auf dem Bildschirm meines Fernsehgerätes sehe ich das Konterfei eines Mannes Anfang fünfzig. Im Untertitel lese ich seinen Namen.

Klaus-Maria Raschmüller.

Der Mann, dem ich Auge in Auge gegenüberstehe, sieht eigentlich ganz sympathisch aus. Dicke, etwas wuschelige Haare, markantes Gesicht, braune freundliche Augen, eine lange Nase, die Lippen vielleicht eine Spur zu schmal.

Er beginnt zu sprechen. Wieder höre ich diese fast flüsternde Fistelstimme, die gar nicht recht zu dem Sprecher passen möchte.

„Wie schon gesagt", vernehme ich „auf diesen Moment freue ich mich, freut sich unser ganzes Team, schon sehr lange.....und nun endlich ist es so weit. Anfang der Woche haben wir die Baugenehmigung erhalten und heute kann ich Ihnen den 1. Februar kommenden Jahres als verbindlichen Baustart mitteilen."

Schlagartig wird mir alles klar. Klaus-Maria Raschmüller ist "unser Flüsterer", ist der Mann, der gestern Abend meinen Chef Herrn Feige mit einer Waffe bedroht hat, ist wahrscheinlich der Fahrer des schwarzen Jeeps, ist der Geschäftspartner von meinem Chef, ist der Bauherr des Projektes "Urbanización el Paraíso" und ist......ich traue meinen Augen kaum....mein vermeintlicher Vater.

Im Fernsehen läuft gerade ein kleiner Einspieler zum Hintergrund von Klaus-Maria Raschmüller. Er ist Gründer der Deutschen Vermögensverwaltungs- und Anlageberatungsgesellschaft KMR, eines der größten Unternehmen seiner Art in Deutschland, ja sogar in ganz Europa. Raschmüller ist ein Self-Made-Millionär wie aus dem Bilderbuch, mittlerweile allerdings wohl eher ein Milliardär. Gemäß Forbes-Liste gehört er zu den reichsten Deutschen. Er lebt in Osnabrück und auf Mallorca, ihm gehören dort imposante Immobilien und ebenfalls eine der größten Yachten der Welt, die Eminence mit einer Länge von 79 m, die mir doch sehr bekannt vorkommt. All dies erfahre ich aus dem kurzen Bericht, den ich über Herrn Raschmüller mit Spannung verfolge.

„Vielen Dank", höre ich die Stimme des Moderators, „bitte Herr Raschmüller, beantworten Sie noch unsere Frage, wie es möglich ist, im Naturschutzgebiet ein solches Bauvorhaben mit über achthundert Häusern umsetzen zu können."

„Nun, wie ich bereits sagte, arbeiten wir an der Realisierung des Projektes schon sehr lange, selbstverständlich gab es behördenseits hohe Auflagen, wir müssen u.a. eine zukunftsweisende, ökologische Bauweise nachweisen, regenerative Energien zum Einsatz bringen und in erheblichem Umfang Ausgleichsmaßnahmen schaffen, um dieses herrliche Vorhaben, von dem übrigens alle nur profitieren, realisieren zu können. Vergessen Sie bitte auch nicht, dass im erheblichen Umfang durch dieses Projekt Arbeitsplätze geschaffen werden – und das ist natürlich im von der Finanzkrise schwer getroffenen Spanien von großer Bedeutung. Wie gesagt, alle Seiten profitieren."

„Vielen Dank, Herr Raschmüller, für das Interview", verabschiedet der Moderator Herrn Raschmüller.

„Sehr verehrte Zuschauer", wendet er sich der Kamera zu, „nicht nur Herr Raschmüller ist eine umstrittene Persönlichkeit, auch sein Projekt -Urbanización el Paraíso-."

„Hierzu haben wir einen kleinen Bericht für Sie vorbereitet, zusammengestellt von unseren Redakteuren Ulli Brand und Judith Schönfeld."

Ein weiterer Trailer beginnt. Ich erfahre, dass das Unternehmen von Herrn Raschmüller die KMR Vermögensverwaltungs- und Anlageberatungsgesellschaft einen nicht ganz lupenreinen Ruf genießt. Dem Unternehmen und Herrn Raschmüller wird unterstellt, die "kleinen Leute" sowie viele Rentner mit nicht ganz sauberen Anlagen um ihr Erspartes gebracht zu haben.

In diesem Zusammenhang waren in den letzten zehn Jahren sogar zwei Gerichtsverfahren anhängig, aber weder gegen die KMR noch gegen Herrn Raschmüller konnte die Staatsanwaltschaft Beweise vortragen, die zu einer Verurteilung geführt hätten. Zurück jedoch blieben zahlreiche Indizien, die dem Ruf der KMR nicht gut taten und letztlich Herrn Raschmüller veranlassten, sein Unternehmen an einen amerikanischen Hedgefonds zu verkaufen.

Seitdem ist Herr Raschmüller Privatier und genießt sein Leben. Statt in Wirtschaftsmagazinen wird nun häufig in einschlägigen Tratsch- und Klatschmagazinen über ihn berichtet.

Seit dem offiziellen Bekanntwerden vor ein paar Stunden hat Raschmüllers Projekt "Urbanización el Paraíso" in kürzester Zeit erhebliche Proteste von Naturschützern nach sich gezogen. Die Naturschützer rennen Sturm gegen eine Vernichtung von Millionen von Quadratmetern unberührter Natur – und dies für ein höchst kommerzielles Bauvorhaben, das aus Sicht der Protestler nur dazu dient, die Reichen noch reicher zu machen.

Ebenfalls das balearische Parlament wird stark angegriffen, weil der gesamte Genehmigungsprozess für dieses Vorhaben über Jahre hinweg hinter verschlossenen Türen stattfand und man heute vor vollendete Tatsachen gesetzt wird. Erste Anschuldigungen wie "Korruption" werden laut.

Oh Mann denke ich, das Ganze ist ja eine Riesennummer.....

In diesem Moment erklingt mein Handy, ich schaue aufs Display, unbekannte Nummer. Nach kurzem Zögern melde ich mich jedoch.

„Hola Cariño", umschmeichelt eine mir bestens vertraute weiche Reibeisenstimme mein Ohr. „Pavel hier. Ich hoffe, Dir geht es gut."

„Hola Pavel." Schreck, Aufregung, Freude, alles breitet sich gleichzeitig in mir aus, ein Adrenalincocktail pur.

„Hola, das ist ja eine Überraschung. Ja mir geht es gut."

„Hör mal, Principessa, am Wochenende findet bei Señor Bonafe auf seiner Finca bei Puigpunient eine kleine Feier statt, ja und ich würde mich sehr freuen, wenn Du mich begleiten würdest. Wie sieht es aus, hast Du Zeit und Lust?"

Ohhh, und ob ich Zeit und Lust habe.

Ich sage zu und wir vereinbaren, dass wir uns im Macchiato in Puerto Portals Samstagabend treffen.

Kaum habe ich aufgelegt, vernehme ich Geräusche an der Tür.

David und zwei Kumpels, irgendein anderer Dave und ein Steve, erobern unsere WG und machen es sich lautstark in der Küche gemütlich.

„Emiiiii", kreischt David aus der Küche. „Bist Du daaaa? Hast Du Duuuuuurst?"

Ich schalte mein Fernsehgerät aus und gehe hinüber in die Küche.

So viel dann zum Thema "mein gemütlicher Abend..."

FÜNFZEHN

Samstag. Ja, DER Samstag. Gleich treffe ich mich mit Pavel im Macchiato. Und natürlich weiß ich immer noch nicht, was ich heute Abend anziehen soll.

„Also, mein Rat", sagt David, während er seine Arme hinter dem Kopf verschränkt und sich ganz entspannt in meinem Korbsessel zurücklehnt, „Du solltest heute das klassische, kleine Schwarze tragen."

Lidia, die auf meinem Bettrand sitzt und gerade ihre Fußnägel grün metallic lackiert, nickt zustimmend, „...now or never..." brummelt sie.

Ich tendiere im Moment ja noch zu meinem mega sexy kleinen Roten.

„Was machst Du eigentlich, wenn heute Abend der Raschmüller auftaucht, wäre ja gut möglich. Wie Du erzählt hast, scheinen Dein Gastgeber Bonafe, Dein Chef und Raschmüller diese Geschichte mit der Urbanización el Paraíso, oder wie das Projekt heißt, keine Ahnung, aber die scheinen das ja alle gemeinsam zu entwickeln. Ich könnte mir vorstellen, dass Bonafe und der Raschmüller die Geldgeber sind. Wie man in den Medien ja in den letzten Tagen ständig hört, stinkt der Raschmüller vor Kohle und Pavel hat Dir doch gesagt, dass Bonafe sich professionell an Investitionen aller Art, aber insbesondere auch im Immobilienbereich betätigt, oder?"

„Ja", nicke ich, während ich vor dem Spiegel stehe und abwechselnd mein rotes und mein schwarzes Minikleid vor meinem Body drappiere, „so hab ich ihn verstanden."

„Und welche Rolle spielt Dein Chef?", will David wissen.

„Ich könnt mir vorstellen, der hat erstmal die ganzen Kontakte hier auf der Insel hergestellt", mischt Lidia sich ein. „Wenn Du kein Mallorquiner bist oder hier nicht seit Jahrzehnten lebst und Dir das Vertrauen der Leute erworben hast, machst Du auf Mallorca nichts", erklärt sie uns weiter. „Das ist hier so eine Art geschlossene Gesellschaft, da nützt Dir auch Geld nichts. Ja, und Feige hat sich mittlerweile über die letzten zwanzig, ja fast sogar dreißig Jahre hervorragende Kontakte aufgebaut, das ist bekannt. Und solche Kontakte brauchen Leute wie Bonafe und Raschmüller sicherlich."

„Voll krass", meint David, „und jetzt bebaut die Troika hier ein so schönes Naturschutzgebiet. Keine Ahnung, ich bin ja bestimmt kein grüner Fundamentalist, aber ich find schon, das ist ein echt krasser Eingriff in die Natur."

„Tja", stimmt Lidia ein, „die Bebauung dort hat ja nicht nur bei den Naturschützern für Wirbel gesorgt, so wie Du, David, denken viele. Aber machen kannst Du halt wenig, die Messen sind gelesen, wie Ihr Deutschen immer so schön sagt. Leider ist alles bereits genehmigt."

„Ich find es auch nicht gut", bestätige auch ich, „und ich kann nicht verstehen, wie so etwas genehmigt werden kann. Ich dachte, gerade hier auf Mallorca haben die Naturschützer mittlerweile ein erhebliches Wort mitzureden."

103

„Klar", ereifert sich Lidia, „die müssen auch beteiligt werden, aber ganz offensichtlich haben auch dort die maßgeblichen Leute genickt."

„Voll krass", kommt es von David. „Aber sag mal, Emi, wir sind ja ganz vom Thema abgekommen, hast Du keinen Schiss, dem Raschmüller heute Abend über den Weg zu laufen?"

„Ach nö, eigentlich nicht. So mit ein bisschen Abstand, seh ich das Ganze schon viel entspannter. Das ist ja ein Geschäftsmann, wenn auch sicherlich ein ganz ausgekochter, aber er ist ganz bestimmt kein Killer. Außerdem hat er mit Feige nicht über die Sache, dass jemand die beiden belauscht haben könnte, gesprochen."

„Woher willst Du das denn wissen", fragt David.

„Ich glaube nicht, dass der Feige so ein guter Schauspieler ist, und er benimmt sich mir gegenüber völlig normal, quatscht mich voll wie immer, wenn er mir gerade über den Weg läuft und ansonsten rauscht er durchs Büro und kennt keinen."

„Nee, außerdem, der Raschmüller hat nicht gesehen, dass jemand aus dem Büro gekommen ist.

Du weißt doch, David, ich höre das Gras wachsen, und bin immer gern bereit zu dramatisieren, in diesem Fall mach ich mir aber keine Sorgen mehr, ich glaub, da ist unsere Phantasie mit dem 'gefährlichen Flüsterer' etwas übergekocht."

„Huuhhhh", macht David, hebt seine Arme dabei hoch und wackelt wild mit seinen Fingerspitzen herum, „die Stimme von dem ist ja wirklich unheimlich, wenn der im Fernsehen so vor sich hin flüstert."

„Sag mal", wirft Lidia ein, während sie zwischendurch heftig auf ihre Fußnägel pustet, um den Trocknungsvorgang zu beschleunigen, „Du hast aber nicht vergessen, dass Dein niedlicher Pavel Dich noch für das Fräulein Raschmüller hält?"

„Nee, natürlich nicht, aber es ist nun ohnehin an der Zeit, das ich Pavel reinen Wein einschenke. Scheint ja doch etwas enger zu werden unser Kontakt. Ist mir natürlich sehr peinlich, aber heute Abend hab ich mir fest vorgenommen, die Sache zu klären."

„Na dann bin ich ja mal gespannt", grinst Lidia.

„Ich nehme das Schwarze", lasse ich verlauten und werfe Lidia mein rotes Kleidchen über den Kopf.

„Ey, blöde Kuh......"

SECHZEHN

Samstagabend, 20 Uhr, Puerto Portals. Gerade komme ich vor dem Macchiato an und schaue mich nach Pavel um, da höre ich das tiefe Wummern eines 400-PS-Motors, und tatsächlich rollt Pavel in seinem schicken Sportwagen langsam auf mich zu. „Hey Emi", winkt er mir zu, „komm steig ein, ich bin schon zweimal um den Block gefahren, ich krieg hier heute beim besten Willen keinen Parkplatz."

Blöd gelaufen, denke ich, während ich strahlend auf ihn zu gehe und in seinen Wagen klettere, eigentlich wollte ich die Gelegenheit ja nutzen und beim Gläschen Wein im Macchiato mein kleines Geheimnis in Sachen Familienbande lüften.

„Cariño, Du siehst toll aus." Pavel küsst meine Wange und streift dabei wie zufällig meine Lippen.

Das kann ja noch nett werden, freu ich mich, und schon brausen wir los.

Pavel hat eine CD von Sade ausgewählt, die nun gegen das laute Wummern und Röhren der Sportmaschine ankämpft. Der Wagen ist für mich etwas gewöhnungsbedürftig. Ich habe das Gefühl, mit dem Popo knapp über dem Asphalt zu kratzen, bei jeder Bodenwelle befürchte ich, dass wir aufsetzen und es uns mindestens den Sportauspuff abreißt. Pavels sehr sportliche Fahrweise trägt auch wenig zu meinem Wohlbefinden bei.

Leider hat Pavel statt der relativ gut ausgebauten Landstraße, die von Palma aus nach Puigpunient führt, die alte Bergstraße an Santa Ponsa vorbei, durch Galilea gewählt.

Wir fahren in zügigem Tempo durch die Nacht, viel zügiger, als es mir auf dieser sich in engen Serpentinen hinaufwindenden Bergstraße nach Galilea lieb ist. Pavel macht es sichtlich Spaß, vor jeder Nadelkurve den Motor herunterzuschalten, um ihn anschließend sofort auf den kurzen Geraden wieder hochzujagen. Die Maschine schreit, dröhnt und wummert, Pavel kennt kein Pardon und quält den Motor und mich weiter. Die Straße wird zunehmend schmaler und vor allem steiler. Rechts neben mir fällt die Bergwand streckenweise bis zu fünfzig Meter senkrecht ab, in einer Haarnadelkurve sogar über hundert Meter. Eine Straßenbegrenzung wenigstens in Form einer kleinen Leitplanke gibt es nicht. Zum Glück kann ich das in dieser rabenschwarzen Nacht nicht sehen, aber ich kenne die Strecke; und wenn möglich vermeide ich es, hier zu fahren oder gefahren zu werden.

Pavel geht es gut. Immer wieder schaut er mich lächelnd von der Seite an. Mensch Junge, guck wenigstens auf die Straße, denk ich immer wieder, versuche aber einen halbwegs entspannten Eindruck zu machen und lächle tapfer zurück, während ich zwischendurch immer wieder versuche mir möglichst unauffällig die Schweißtropfen von der Oberlippe zu tupfen.

Endlich haben wir es geschafft. Wir erreichen das Ortsschild von Puigpunient.

„Wo liegt denn die Finca von Señor Bonafe?", frage ich Pavel.

„Da oben", antwortet er und weist mit dem Finger auf den vor uns liegenden Berg.

Ich lehne mich etwas vor, um besser sehen zu können. Am Fuß des Berges schmiegt sich ein riesiges Anwesen, das eher aussieht wie ein äußerst herrschaftlicher Herrensitz als wie eine Finca, in den Hang.

„Das ist ja wunderschön", sage ich.

Ich liebe alte Gebäude und insbesondere alte Landsitze und Schlösser. Zu meiner Studienzeit habe ich mit drei Kommilitonen, wir waren zwei Mädels und zwei Jungs, eine Fahrradtour durch Nordengland und Schottland gemacht. Viele ehemalige Landsitze dort sind heute zu Jugendherbergen oder kleinen Bed & Breakfast Hotels ausgebaut. Wir sind jeden Tag so um die hundert Kilometer geradelt und haben fast immer in altehrwürdigen ehemaligen Landsitzen übernachtet.

Herrlich diese alten Gemäuer mit ihren meist beeindruckenden Eingangshallen und imposanten Freitreppen, diese langen Raumfluchten, hohen Decken mit ihren schillernden Kronleuchtern, die langen Flure und die spröde Schönheit der alten Steine. Ich liebe es, wenn das Feuer in den herrlichen, alten Kaminen knistert, ich liebe das Knarren der alten Holzdielen und die vielen undefinierbaren Geräusche, die ständig um einen sind. Ich spüre die Seele dieser alten Häuser und höre sogar die Geschichten von den vielen Menschen, die dort gelebt haben und die die alten Mauern heute dem erzählen, der genau hinhört. Manchmal sehe ich sogar den Geist eines Verstorbenen. Ich spinne, denkt Ihr, nee nee. Das könntet Ihr auch, man muss nur genau hinsehen.

Wie auch immer, meine Begeisterung wächst, als wir die palmengesäumte Auffahrt langsam hinauffahren und das herrliche Gebäude nach einer leichten Linkskurve vor uns auftaucht. Phantastisch. Alles ist erleuchtet, rechts und links neben dem Eingangsportal, das mit schmiedeeisernen Verzierungen versehen ist, stehen große Fackeln.

In dem Moment, wo wir direkt vor dem Eingang vorfahren, werden Fahrer- und Beifahrertür gleichzeitig von zwei smarten, weiß gekleideten Jungs aufgerissen, wir steigen aus, und der Wagen wird von einem der beiden vermutlich zum Parkplatz gefahren. Der andere junge Mann öffnet für uns das Eingangsportal, wir treten ein und stehen in einer wunderschönen riesigen Halle, mit Marmorsäulen. Der Boden und die Wände sind aus Sandstein. Auf dem Boden liegen überall wertvoll aussehende, schwere antike Teppiche. Das Licht kommt von mittelalterlichen Fackeln nachempfundenen Wandleuchten. Die Halle ist nicht gleichmäßig ausgeleuchtet, sondern verfügt über hellere Bereiche und Bereiche, in denen das Licht nur diffus vorhanden ist. Langsam entdecke ich immer mehr Details. Eine wunderbare Sitzecke im hinteren Bereich der Halle mit riesigen schweren Sofas und Sesseln zwischen zwei Marmorsäulen. Vor den schätzungsweise vier Meter hohen Fenstern, die mit Rundbögen versehen sind, hängen mit breiten Kordeln seitlich zusammengebundene schwere dunkelrote Samtvorhänge. Überall an den Wänden befinden sich Goblins, auf denen zumeist Jagdszenen dargestellt sind. In einem riesigen, goldumrandeten Spiegel entdecke ich völlig unvermittelt Pavel und mich. Ich bin überrascht, was für ein schönes Paar wir sind. Ausnahmsweise habe ich mal nichts an meinem Äußeren zu meckern. In dem Kleid sehe ich schlank aus, na vielleicht streckt der Spiegel auch ein bisschen, meine langen blonden Haare fallen mir über die Schulter und, oh Wunder, sie glänzen richtig schön im Licht des Kronleuchters. Pavel sieht wie immer toll aus. Er trägt einen dunklen Anzug, der wie maßgeschneidert aussieht. Im Spiegel bewundere ich sein markantes, fast klassisches Profil. Er sieht ein bisschen aus wie eine junge Ausgabe von Alain Delon mit einem kleinen russischen Einschlag, der ihm den durchaus attraktiven Touch des Gefährlichen gibt.

Der Türöffner bittet uns, ihm zu folgen, und geleitet uns in einen noch beeindruckenderen Raum.

Auch dieser Raum hat hohe, riesige Fenster, die den Blick auf einen hell erleuchteten Außenpool freigeben.

Im Raum selber ist es heller als in der Eingangshalle. Zwei Kronleuchter und zahlreiche Kerzen, die auf fünfarmigen Ständern stehen, tauchen den Raum in ein goldenes Licht. Der Raum muss eine Größe von mindestens hundert Quadratmetern haben. Es gibt zahlreiche Sitzgelegenheiten. Mehrere kleine Grüppchen elegant gekleideter Menschen haben sich überall verteilt und plaudern. Gleichmäßig überall im Raum hört man Loungemusik genau nach meinem Geschmack, dem Klang nach zu urteilen, denke ich, muss hier irgendwo eine hammermäßige Bang & Olufsen Anlage stehen.

Kaum haben wir den Raum betreten, bietet uns ein ebenfalls weiß gekleideter Ober ein Glas Champagner an. Wir greifen beide zu, Pavel wendet sich zu mir, dieser Blick in die unverschämt blauen Augen lässt meine Knie unfairerweise etwas weich werden und ich höre ihn ganz romantisch sagen, „....auf einen schönen Abend, mit einer wunderschönen Frau...“

Wir trinken ein Schlückchen, Pavel schaut mich immer noch intensiv an und ich denke, hoffentlich wach ich nicht so schnell auf, dass hier ist viiieeel besser als in jedem Schmachtfilm, den ich kenne.

Aus der B & O Anlage erklingt...

"Living in the Dolce Vita" von Ryan Paris

We're walking like in a Dolce Vita
This time we've got it right
We're living like in a Dolce Vita
Mmm gonna dream tonight

We're dancing like in a Dolce Vita
With lights and music on
Our love is made in the Dolce Vita
Nobody else than you...

Wie im Drehbuch geht Pavel einen Schritt auf mich zu, steht nun so dicht vor mir, dass ich seinen Atem spüren kann........seine Hand streift ganz leicht meine, er ergreift sie aber nicht, ein Schauer läuft über meinen Rücken, mir ist ein bisschen schwindelig, um mich herum ist gar nichts mehr......Sekunden werden zur Ewigkeit....."ich glaub".....höre ich ganz leise diese Reibeisenstimme......"ich glaub, ich habe mich in Dich verliebt, Emi....."

Ich hätte jetzt mit allem gerechnet, aber nicht damit.......sind alle Russen so.......so romantisch, so schnell, so direkt.....schießt es mir durch den Kopf......ich schaue Pavel nur an.......mein Herz hüpft, ich fühle mich so ge-

schmeichelt, so begehrt.......aber verliebt, bin ich verliebt........ich glaube wenn, dann in die Schönheit des
Abends......ist Pavel überhaupt mein Typ...klar er sieht
super aus und soweit ich sehe, hat er einen tollen Body...aber sonst,...er ist schon eher der Typ......"ich bin
der Kerl und Du die Püppi".....und wenn ich eins nicht
mag, dann das....warum denk ich nur immer so
viel....Pavels Lippen berühren ganz sachte meine, immer
stehen wir noch vor einander, ohne dass unsere Körper
oder Hände sich berühren..... „Lass uns von hier verschwinden...", haucht Pavel in mein Ohr....sein Atem ist
warm, viel wärmer, als es ohnehin schon hier im Raum
ist, ich glaub es nicht, aber ich hab gerade „ok" gesagt.....

Er nimmt meine Hand, wir gehen zur Tür und stellen
im Vorbeigehen unsere Gläser auf ein Tablett, mit dem
ein Ober vorbei schwebt. Wir gehen durch die angenehm kühle Eingangshalle....

„Pavel, buenas noches, phantastisch, dass Du da
bist", aus einem Nebenraum kommt Herr Bonafe, den
ich sofort wieder erkenne, direkt auf uns zu.

Bonafe umfasst Pavels rechte Hand mit beiden Händen, drückt fest zu, wie es aussieht, und wendet sich
dann zu mir. „Darf ich mich vorstellen, junge Dame,
Bonafe." Ich reiche ihm die Hand und sage nicht meinen
ganzen Namen, sondern nur Emilie. Das scheint ihm
auch zu reichen, galant gibt er mir einen Handkuss. So
viele Handküsse wie hier auf Mallorca habe ich in meinem ganzen Leben noch nicht bekommen, allerdings
habe ich auch noch nie jemanden kennergelernt, zu
dem das gepasst hätte. Ich hätte wahrscheinlich einen

Lachkrampf bekommen, wenn einer meiner Ex damit angefangen hätte.

„Emilie, darf ich Pavel kurz entführen", fragt Señor Bonafe mich höflich, während er immer noch meine Hand hält. „Nur kurz etwas Geschäftliches, es wird bestimmt nicht lange dauern."

„Ja natürlich, kein Problem. Ich schau mich so lange hier unten etwas um, wenn ich darf. Ich liebe alte Gebäude und ihres ist besonders schön, Herr Bonafe."

„Nur zu Emilie, mi casa es su casa."

„Danke", strahle ich ihn an.

„Entschuldige, Cariño, ich beeile mich", flüstert Pavel mir zu und verschwindet mit Bonafe in dem Raum, aus dem Bonafe vor wenigen Minuten gekommen ist.

Allein. Ganz allein stehe ich nun in der riesigen Halle. Kein Ober, niemand ist in Sicht. Ich lege meinen Kopf in den Nacken, schaue nach oben und drehe mich ganz langsam im Kreis. Was für eine Pracht, denke ich, während ich mir die phantastische Deckenmalerei und die aufwendigen Stuckarbeiten ansehe.

Mir wird ganz heiß, wenn ich an Pavel denke und an das, was später noch passieren wird.

Ich hoffe, Bonafe nimmt ihn nicht allzu lange in Beschlag.

Ich beschließe, mich ein bisschen im Erdgeschoss des Bonafe'schen Anwesens umzusehen, schließlich habe ich ja die offizielle Genehmigung, außerdem ist das allemal besser, als zurück in den Festsaal zu gehen und womöglich tatsächlich noch meinem Chef oder dem Raschmüller über den Weg zu laufen, bevor ich nicht diese peinliche Geschichte mit meinem Vater, dem Yachteigner, aus dem Weg geräumt habe und Pavel alles erklären konnte. Ich bin ja nur froh, dass Pavel mich bei Bonafe nicht gleich als "Fräulein Raschmüller" vorgestellt hat.

Mmm, zwei Flure führen vom Saal aus irgendwohin – welchen soll ich wählen? Rechts der Flur führt am Festsaal vorbei. Ich könnte mir vorstellen, dass dieser Flur vielleicht den etwas offizielleren Teil des Anwesens erschließt. Wahrscheinlich wird er zu einigen kleineren Salons führen, in denen sich auch noch Gäste aufhalten.

Ich entscheide mich für den linken Flur.

Der Flur ist ziemlich lang. Auf der linken Flurseite befinden sich alle paar Meter große bodentiefe Fenster, die einen phantastischen Blick auf eine wunderbar angelegte und nächtlich beleuchtete Parkanlage freigeben. Im Flur selber brennt keine Lampe. Trotzdem sieht man relativ gut. Das fahle Licht des Vollmonds, das durch die großen Fenster fällt, leuchtet den Flur recht gut aus.

Auf der rechten Seite befinden sich mehrere große, sehr massiv wirkende Holztüren. Entschlossen und neugierig drücke ich die schwere Klinke der ersten Tür herunter.

Verschlossen. So ein Mist.

Auch alle weiteren Türen sind verschlossen. Ebenso, die sehr repräsentative doppelflügelige Tür am Ende des Ganges. Schade, da ist mein kleiner Ausflug schon zu Ende.

Ich stehe mit dem Gesicht zu der großen herrschaftlichen Tür am Ende des Ganges, meine linke Hand liegt noch auf der Türklinke. Ich lasse die Klinke los und will gerade zurückgehen, da bemerke ich links neben mir in der Ecke, eine ganz kleine unscheinbare Tür, die ich fast übersehen hätte. Mein Herz macht einen Hüpfer, und meine Fingerspitzen kribbeln ein bisschen. Soll ich? Klar soll ich. Ich will nur einen ganz kleinen Blick hinter die Tür werfen. Sie ist offen. Ich werd verrückt. Neugierig schaue ich ganz vorsichtig hinter die Tür. Na was für eine Enttäuschung. Hinter der Tür befindet sich eine schmale Wendeltreppe, die sich in einem ebenso schmalen Turm nach oben windet. Es ist ziemlich dunkel, aber nicht ganz dunkel. Weiter oben muss es ein Fenster geben, durch das etwas Mondlicht eindringt.

Das muss die alte Treppe für die Dienstboten sein, überleg ich. Leider habe ich keinen opulenten Salon mit einem schönen historischen Kamin oder eine uralte Bibliothek, in der geheime Bücher stehen, gefunden.

Aber was soll's, wo ich schon einmal hier bin, kann ich zumindest mal hinaufgehen und nachsehen, was sich oben befindet. In diesem Teil des Hauses herrscht absolute Stille, kein Mensch ist hier. Also kann mich auch niemand erwischen.

Vorsichtig, damit ich auf meinen hohen Absätzen nicht stolpere, klettere ich die Dornröschen-Treppe, als welche sie mir erscheint, hinauf. Sie endet, wie sie begonnen hat, vor einer kleinen Tür. Auch diese öffne ich ganz langsam und vorsichtig......hinter der Tür ist wieder ein langer Flur. Wie schon in der unteren Etage, befinden sich auf der einen Seite Fenster, allerdings deutlich kleinere, auf der anderen Seite erstreckt sich auch wieder eine Türflucht. Auch hier brennt kein Licht, lediglich das fahle Mondlicht taucht den breiten, langen Flur, der sich immer wieder durch beiderseits angeordnete Marmorsäulen verengt, in ein diffuses Licht.

Ich stehe vor der ersten Tür. Auch die Türen sind hier nicht mehr ganz so groß und imposant wie in der unteren Etage. Ich drücke die Türklinke, die Tür gibt nach und öffnet sich tatsächlich, wobei sie ganz leise knarrt. Ich ziehe meine Schuhe aus, um keinen unnötigen Lärm zu machen und schleiche leise in den kleinen Raum. Ich schaue direkt auf ein großes Fenster, das am äußeren Rand mit kleinen farbigen Bleiverglasungen verziert ist. Bei dem Raum handelt es sich um einen kleineren, aber sehr hübschen Wohnraum. An der Wand zu meiner Linken ist ein großer Marmorkamin, auf der rechten Seite befindet sich eine kleine Sitzgruppe, und in der Mitte steht ein runder Tisch, auf dem einige – David würde sagen – "Staubfänger" drapiert sind, tatsächlich sind es aber kleine Vasen, eine wunderschöne alte Uhr und ein paar Porzellantierchen. Ich wage mich etwas in den Raum hinein und sehe, dass es draußen vor dem Fenster noch eine Art Laubengang gibt. Von hier aus zeigt sich mir nun die Architektur des Anwesens. Das Gebäude besteht aus vier Flügeln, die in Form eines Quadrats miteinander verbunden sind und so in ihrem Innern einen offenen Raum bilden, einen für den spanischen Baustil typischen Patio. Dieser Patio ist wie das gesamte Anwesen sehr groß. Mittlerweile stehe ich direkt am Fenster und sehe, dass im gesamten Obergeschoss kein Licht brennt. Lediglich im Erdgeschoss unten rechts, in einem Raum, in den ich von meiner Position aus nicht tiefer hineinsehen kann, scheint das trübe Licht einer Lampe.

Klar, denke ich, ist alles dunkel, der Festsaal und die anderen Salons sind ja zum Park und zum Pool hin orientiert und von hier aus nicht einsehbar. Inzwischen haben sich meine Augen sehr gut an das wenige Licht gewöhnt. Neben der kleinen Sitzgruppe entdecke ich eine weitere Tür, die in einen anderen Raum führen muss. Ich beschließe, auch noch in diesen, einen kurzen Blick zu werfen, bevor ich umkehre und wieder nach unten gehen werde. Wahrscheinlich wartet Pavel schon sehnsüchtig auf mich, denke ich, und schmachte für einen ganz kleinen Moment, bevor meine Neugier mich wieder fest im Griff hat. Rasch öffne ich die Verbindungstür, auch diese ist nicht verschlossen. Im angrenzenden Raum befindet sich ein Schlafzimmer. Der Raum wird beherrscht von einem prächtigen Himmelbett mit Volants aus schweren Stoffen, gedrechselten Holzsäulen und einem opulenten Baldachin, wie es sich für ein richtiges Himmelbett gehört.

Aber, Moment mal....ich hoffe nicht,.....doch tatsächlich,....dort liegt jemand auf dem dunklen Bettüberzug. Es scheint ein Mann zu sein, er ist komplett bekleidet mit einem dunklen Anzug, sogar seine Schuhe trägt er noch. Na, grinse ich, da wird doch wohl nicht einer etwas über den Durst getrunken und sich hier ein ruhiges Plätzchen gesucht haben. Ich schleiche etwas näher.......das Gesicht des Mannes leuchtet hell im einfallenden Mondlicht...ich gehe noch etwas näher....es ist mucks Mäuschen still....der Typ schnarcht noch nicht mal, staune ich....noch einen kleinen Schritt näher......Dios mío!......das ist mein Chef!.....Herr Feige!...Was macht der denn hier?.....In diesem Moment höre ich Stimmen und schwere Schritte. Rasch sehe ich mich um, es gibt nichts, wo hinter oder wo drunter ich mich verstecken könnte. Doch! Der Schrank! Schnell öffne ich eine Tür, abgesehen von ein paar Kleiderbügeln ist er leer. Ich überleg nicht lange, klettere hinein und ziehe die Tür hinter mir zu. Die Schritte kommen näher. Hoffentlich, hoffentlich wollen die nicht hier hinein...doch die wollen. Lautstark öffnet sich die Tür. Mindestens zwei Personen betreten den Raum. Durch die Ritze meines Schrankes dringt Licht, welches die beiden angemacht haben müssen. Einen Moment höre ich nichts, dann sagt eine männliche Stimme: „Nimm Du die Arme." Rascheln, rauschen, stöhnen, Schritte.....dann wird es wieder dunkel... Eine Tür schlägt zu.....und langsame Schritte entfernen sich, während ich völlig verängstigt mit angezogenen Beinen, um die ich meine Arme geschlungen habe, in einem unbequemen, engen und muffigen Schrank hocke, Herzrasen habe und kalter Schweiß mein Make-up und meine Frisur ruiniert.

Was war das denn gerade für eine Aktion, frage ich mich. Warum lassen die den Feige denn nicht seinen Rausch ausschlafen und schleppen ihn stattdessen so grob hinaus? Wohin bringen die ihn überhaupt? In den Pool wollen die ihn ja wohl nicht werfen. Blödsinn, überlege ich.

Wie ein Blitz durchfährt mich ein grauenvoller Gedanke....der Feige wird doch wohl nicht tot gewesen sein? Angestrengt überlege ich weiter. Quatsch, denke ich, meine Phantasie und mein Hang zum Dramatischen übernehmen gerade mal wieder die Kontrolle. Andererseits....bewegt hat er sich kein bisschen – und dass er atmet, habe ich auch nicht gehört. Du meine Güte, die haben hier doch nicht gerade eine Leiche, noch dazu die von meinem Chef, hinausgetragen?

Wer sollte ihn denn umbringen und warum? Na, der Raschmüller, alias der "geheimnisvolle Flüsterer", hat ihn ja immerhin schon mit einer Pistole bedroht. Vielleicht war da doch mehr dran, als an einer etwas derben Streiterei zwischen hartgesottenen Geschäftsleuten?

Mist, Mist, Mist, bevor ich mich noch völlig verrückt mache, das Wichtigste ist, dass ich hier erst einmal rauskomme, und zwar nicht mit den Füßen zuerst.

Pavel dürfte sich mittlerweile wirklich Gedanken um mein Verbleiben machen und mich vermutlich auch schon suchen.

Vorsichtig öffne ich die Schranktür und steige hinaus. Gerade will ich über den Flur und die Personaltreppe verschwinden, da höre ich schon wieder Schritte. Verdammt, ...die Schritte nähern sich sehr schnell, zurück in den engen Schrank dauert zu lange, panisch sehe ich mich um und entdecke, das es sich bei einem der Fenster um eine Tür handelt, die hinaus auf den Laubengang führt. Schnell öffne ich sie und schlüpfe mit meinem Paar Pumps in der Hand hinaus.

Ich ducke mich unter einer Fensterbrüstung, und schon wird der Raum von einer Lampe erhellt.

Rettung in letzter Sekunde, da hab ich ja wirklich noch mal Glück gehabt. Was wohl in dem Raum vorgeht? Neugierig linse ich über die Sandsteinbrüstung des Fensters. Der Raum ist hell erleuchtet, deutlich sehe ich alles. Ein Mann dreht mir den Rücken zu, er scheint irgendetwas in dem Bett, in dem Feige lag, zu suchen, er bückt sich, schaut unter das Bett,........du meine Güte,....vor Schreck halte ich mir die Hand vor den Mund...... der Mann, der dort in dem Zimmer heftig herumsucht, ist......mmm Pavel!

Pavel scheint aber nicht zu finden, was er sucht, er stemmt die Hände in die Seiten und schaut sich sichtlich wütend um. Plötzlich geht er direkt auf das Fenster zu, unter dem ich hocke, blitzschnell tauche ich ab. Das Licht, das gerade noch durch das Fenster auf den Arkadengang viel, verdunkelt sich, Pavel scheint den Vorhang zugezogen zu haben, anscheinend vermutet er, das etwas sich im Fußbereich des schweren Samtvorhangs verbergen könnte. Es wird wieder heller, eine Weile passiert nichts, dann verdunkelt sich die Veranda völlig, das Licht im Raum ist erloschen. Ich habe keine Ahnung, ob Pavel gefunden hat, was er sucht – und vor allem hab ich keine Ahnung, was das Ganze zu bedeuten hat, aber eins ist klar: Ganz bestimmt sollte ich die Geschichte nicht mehr so auf die leichte Schulter nehmen.

Die wichtigste Frage ist zunächst aber immer noch, wie ich wieder von hier weg komme. Zurück ins Zimmer, über den Flur, und dann die Wendeltreppe runter, das ist mir zu unsicher, womöglich stehe ich gerade im Flur und ein ganzer Suchtrupp kommt angerauscht, nee, lieber nicht.

Ich lasse meinen Blick durch den Patio streifen und entdecke ein Stückchen von mir entfernt eine Treppe, die vom Arkadengang, auf dem ich mich befinde, hinab in den Hof führt. Unten im Hof muss es dann Türen geben, durch die man wieder in das Gebäude gelangt. Die Idee scheint mir die bestmögliche zu sein und ich versuch's – etwas anderes bleibt mir wohl nicht übrig. Ich husche geschützt durch die Dunkelheit zur Treppe, bleibe einen Moment am oberen Treppenabsatz stehen, schaue hinab, lausche, nichts.....schnell laufe ich die Treppe hinunter, unten angekommen, schaue ich mich nach einer Tür um. Nicht weit entfernt von dem einzigen Zimmer, in dem ein schwacher Lichtschein auszumachen ist, befindet sich eine Tür. Ich schlüpfe in meine

Schuhe und beeile mich, so leise und schnell wie möglich den Patio zu durchqueren und zu der Tür zu gelangen.

Dort angekommen, drehe ich vorsichtig den Türknauf nach links und......Glück gehabt, die Tür ist nicht verschlossen. Ich habe schon einen Fuß in das Haus gesetzt, da überlege ich es mir noch mal,.....ich weiß, ich bin verrückt, aber wie schon mal gesagt, wenn mich das Jagdfieber und die Neugier einmal gepackt haben....ist mir leider mit Vernunft nicht mehr zu helfen.....Ich drehe mich um, schleiche wieder zurück in den Hof und schiebe mich eng an der Hauswand entlang zu dem Fenster, aus dem das Licht in den Hof fällt. Ganz vorsichtig schiebe ich meinen Kopf an dem Fenstersims entlang und blicke in den Raum. Es handelt sich um ein Büro. Rechts steht ein großer Schreibtisch, an dem Bonafe sitzt. Der Raum wird nur von einer Schreibtischleuchte erhellt. Ein Mann geht im Raum auf und ab, er gestikuliert und scheint ziemlich aufgebracht zu sein, leider verstehe ich kein Wort, von dem was er sagt, aber ich erkenne ihn, es ist Raschmüller, der Flüsterer.

Direkt gegenüber von dem Fenster, durch das ich hineinsehe, befindet sich eine schwere, mit Leder gepolsterte Tür, neben der zwei richtige Schlägertypen stehen, etwas Passenderes fällt mir nicht ein, um die beiden zu beschreiben. Beide sind dunkel gekleidet, beide sind ziemlich groß, ziemlich kräftig und haben sehr kurz geschorene Haare, die schon fast wie Glatzen aussehen. Beide haben ein völlig ausdrucksloses, versteinertes Gesicht, eckige Schädel mit hohen Wangenknochen, kleine, stechende Augen, breite Nasen und schmale Lippen. Der einzige Unterschied, der rechte Typ hat ein unkontrolliertes Zucken um den Mund herum, was ihm eine noch finsterere Attitüde verleiht.

Ganz weit links, gerade noch in meinem Blickfeld, steht Pavel mit unbeweglicher Miene. Er sagt nichts, während Bonafe und Raschmüller sich anscheinend heftig streiten.

Ich beobachte die Szene ein paar Minuten, dann schleiche ich zur Tür zurück und gelange problemlos durch ein kleines Durchgangszimmer in die große Eingangshalle.

Puhhh, für einen Moment verharre ich und hole erstmal kräftig Luft, sortiere mich und dann überlege ich, was ich als nächstes tun soll. Auf eins habe ich ganz bestimmt keine Lust, nämlich auf eine heiße Liebesnacht mit Pavel. Der Kerl ist mir mittlerweile zu gefährlich.

Ich muss sehen, dass ich von hier so schnell wie möglich verschwinde. Es gibt nur eine Möglichkeit hierfür. Ich gehe das Stückchen bis Puigpunient zu Fuß, draußen ist es zwar kühl, aber nicht kalt, und wenn ich in Puigpunient bin, rufe ich mir von einer Kneipe aus ein Taxi. Es ist noch nicht mal zehn Uhr, da wird der eine oder andere Laden sicherlich noch geöffnet haben. Was Pavel angeht, mach ich mir erstmal keine großen Sorgen, er wird sicherlich noch ein paar Minuten mit Bonafe und Raschmüller beschäftigt sein; und danach wird er mich eine Weile im Haus suchen, bevor er begreift, dass ich nicht mehr hier bin, sitze ich schon längst im Taxi nach Hause.

Das Bonafe'sche Anwesen verlasse ich unbemerkt, von den beiden Doorboys ist nichts zu sehen. Ich gehe so schnell wie möglich die palmengesäumte Auffahrt, die ich vor nicht langer Zeit erwartungsvoll mit Pavel hinaufgefahren bin, deprimiert, verwirrt, geschockt und ich weiß nicht was noch alles zu Fuß wieder hinab. Ich passiere nach einer Weile das riesige, schmiedeeiserne Einfahrtsportal und setze meinen Weg über die kleine Straße, die vom Berg hinab in das Dorf führt, fort. Zum Glück haben wir Vollmond und eine sternklare Nacht, so sehe ich wenigstens, wo ich hintrete. Allerdings schmerzen meine Füße bei jedem Schritt höllisch, ...these boots are definitely not made for walking...sinniere ich. Ach überhaupt, verdammt, was für ein in jeder Hinsicht misslungener Abend. Meinen Lover in spe bin ich los, und außerdem muss ich unbedingt so schnell wie möglich mit Jonathan sprechen und ihm von heute Abend berichten. Ich weiß zwar nicht, was da los ist, und ich möchte Herrn Bonafe auch keine Leichen andichten, die es wahrscheinlich gar nicht gibt, aber irgendwie stinkt das alles zum Himmel, und Pavel steckt bis zum Hals in der ganzen Sache mit drin,....autsch, jetzt bin ich auch noch umgeknickt, ich hocke mich hin und massiere meinen Knöchel, na wenigstens hab ich es fast geschafft, vor mir liegen die ersten Häuser von Puigpunient......

Plötzlich höre ich einen Wagen und sehe Scheinwerfer direkt hinter mir auf mich zukommen.....

Ich stehe auf und halte meine Hand schützend vor die Augen, während ich versuche, irgendetwas zu erkennen, aber das ist zwecklos, die Scheinwerfer blenden mich zu stark.

Langsam rollt der Wagen auf mich zu. Ich schaue mich nach hinten um, die Häuser von Puigpunient sind für einen raschen Sprint zu weit entfernt, außerdem wäre das mit meinen Pumps auch kaum zu bewerkstelligen.

Der Wagen kommt näher und bleibt kurz vor mir stehen. Die Fahrertür öffnet sich; ich beobachte, wie der Fahrer aussteigt. Er kommt aber nicht auf mich zu, sondern bleibt am Wagen stehen, den rechten Arm auf das Wagendach gestützt, mit dem linken lehnt er sich an die Fahrertür.

Immer noch geblendet durch die Scheinwerfer, kann ich den Fahrer nicht erkennen. Lediglich seine Silhouette.

„Buenas noches Emi", erklingt es dann in einer mir wohl bekannten Stimme aus Richtung des Fahrzeugs. „Was machst Du denn mitten in der Nacht zu Fuß auf einsamen Landstraßen?"

Ich glaub, ich spinne, das kann doch nicht wahr sein......vor mir steht Jonathan.

„Ähm",...ich bin zu überrascht, um gleich zu antworten.

„Komm, steig ein, ich fahr Dich nach Hause."

Während der Fahrt, die zum Glück nicht über die Bergstraße durch Galilea, sondern über Palma führt, berichte ich Jonathan von der Party bei Bonafe, zu der ich mit Pavel gegangen bin.

Allerdings verschweige ich ihm meinen Streifzug durch das Bonafe'sche Anwesen und meine dabei gemachten Beobachtungen. Stattdessen erzähle ich ihm, dass mir die Geschäftsbesprechung zwischen Pavel und Bonafe zu lange gedauert hat, dass ich mich zunächst gelangweilt habe und mit Voranschreiten der mir aufgezwungenen Wartezeit zunehmend stinkiger wurde, bis ich schließlich wütend beschlossen habe, die Party alleine zu verlassen.

Jonathan kauft mir meine Geschichte auch völlig problemlos ab, denn sie passt in sein Frauenbild.

„Ja, ja ihr Weiber", kommentiert er, „typisch, kaum müsst Ihr mal warten und es geht nicht nach Eurem Willen, dreht Ihr gleich durch. Da hast Du aber Glück gehabt Emi, dass ich Dich aufgegabelt habe."

Während Jonathan sein Pseudowissen über Frauen zum Besten gibt, rasen meine Gedanken. Wie ist es möglich, dass Jonathan jetzt und vor allem hier auftaucht. Die kleine Straße, auf der er mich aufgelesen hat, führt nur zum Anwesen von Bonafe, und sie endet vor dem großen schmiedeeisernen Tor des Anwesens. Solche Zufälle kann es doch nicht geben, oder?

Wäre es möglich, dass Jonathan irgendwie in die Sache mit dem umstrittenen Bau der Urbanización el Paraíso zu tun hat, dass er Bonafe und Raschmüller persönlich kennt? Wäre es möglich, dass er irgendwelche krummen Geschäfte macht?

Tausend Gedanken kreisen in meinem Kopf. Mir fällt die Geschichte mit den illegalen Schwarzarbeitern ein, ganz genau scheint Jonathan es mit dem Gesetz ja nicht zu nehmen. Außerdem ist er es auch gewesen, der Lidia und mich beschwichtigt und uns dazu überredet hat, die Sache von neulich Abend, als Raschmüller den Feige mit einer Waffe bedroht hat, nicht aufzubauschen und lieber auf sich beruhen zu lassen.

Mmm, und wenn ich so überlege, für einen Bullen hat Jonathan eine Menge Geld, er fährt ein schickes Audi Cabriolet, hat ein eigenes Appartement in Santa Ponsa mit Meerblick – und hat er nicht erzählt, dass er sich gerade eine neue Küche gekauft hat? Wie bezahlt er das alles? Du meine Güte, ist er korrupt? Nutzt er irgendwie seine Stellung bei der Guardia Civil aus, um Bonafe und Raschmüller "behilflich" zu sein, aber behilflich bei was? Diesbezüglich habe ich nach wie vor alle möglichen Vermutungen, aber wissen, wissen tu ich gar nichts. Und was ist jetzt mit Feige los? War der, wie ich zunächst vermutet habe, nur besoffen, oder ist der........ich mag es noch nicht mal denken,....ist der tot? Und wenn ja, hatte er einen Unfall? Nein, dann wäre zumindest ein Arzt da gewesen. Ich weigere mich, mir vorzustellen, dass ich es unter Umständen mit Killern zu tun habe. Ist womöglich Pavel ein Killer? Oder macht The Man with the Gun, der ganz entspannt neben mir den Wagen durch die Nacht steuert, die Drecksarbeit für die Bande? Weiß Jonathans Freundin Lidia von seinen Machenschaften? Profitiert sie vielleicht auch noch davon? Nein, zumindest das halte ich für ausgeschlossen. Trotzdem beschließe ich, mein Wissen zunächst für mich zu behalten und so lange mit niemandem darüber zu sprechen, bis ich weiß, was mit Feige los ist.

Laut sage ich: „Was machst Du denn eigentlich hier um diese Zeit, Jonathan?"

„Ach, nichts Besonderes. Lidia hat sich heute Abend mit einer Freundin verabredet, und da bin ich einfach ziellos mit dem Wagen durch die Gegend gefahren. Du weißt doch Emi, ich liebe meinen Wagen und ich liebe es, einfach so herumzufahren, Musik zu hören und meinen Gedanken nachzuhängen."

Stimmt schon, das macht Jonathan wirklich oft, überlege ich, aber ausgerechnet hier? Na ja, anderseits schreibt das Leben die dümmsten Zufälle.

SIEBZEHN

Montagabend in der WG.

„Emi, kommst Du endlich, ich will los", ruft Lidia ungeduldig.

„Ja, geh schon mal runter, ich komme sofort."

Rasch werfe ich noch einen Blick in den Spiegel, dann schließe ich meine Balkontür. Mein Zimmer liegt nach Westen, die Sonne geht daher direkt hinter meinem Bett, das unter dem Fenster steht, unter. Häufig sitze ich bei Sonnenuntergang in meinem kuschligen Lieblingssessel und schaue einfach nur so raus, um die letzten Sonnenstrahlen zu genießen. Mallorca ist nicht umsonst ein bekanntes Paradies für Maler. Das Licht hier ist viel weicher und lässt alles irgendwie lieblicher erscheinen. Die Sonnenuntergänge sind ein spektakuläres Zusammenspiel aller möglichen Farben, rot, orange, gold, aber auch herrliche Rose- und Lila-Töne, einfach phantastisch. Auch heute Abend geht die Sonne unter und hinterlässt zum Abschied für einige Minuten einen purpurnen Himmel in den, wie bei einem Aquarellgemälde, einige azurblaue Fleckchen getupft sind, die an ihren Rändern auslaufen und sich sanft mit dem Purpur vermengen. Ich kann meine Augen nicht abwenden, so schön und so friedlich ist dieses Bild, ein bisschen wie ein Blick in eine andere Welt.

Schließlich reiße ich mich aber doch los, denn Lidia wartet auf mich. Ich habe versprochen, mit ihr nach Palma zu fahren und sie beim Kauf eines Kleides anlässlich des siebzigsten Geburtstags ihres Papas zu beraten.

Ich schnappe meine Jacke und meine Handtasche und los geht's. Während ich mich beeile, die Treppe hinunterzuflitzen, klingelt mein Handy, ich bleib kurz stehen, schaue aufs Display, es ist schon wieder Pavel. Seit gestern hat er x Mal versucht, mich auf meinem Handy zu erreichen, ich bin aber nicht drangegangen, weil ich nicht weiß, was ich sagen und wie ich mich verhalten soll. Die ganze Situation macht mir zu schaffen und belastet mich, vor allem ist es schwer für mich, mit niemandem darüber reden zu können. Feige ist heute den ganzen Tag nicht im Büro aufgetaucht; und es wusste auch niemand, wo er steckt. Das ist allerdings nichts Ungewöhnliches, da er sich bei uns weder an- noch abmeldet. Meistens taucht er montags sowieso nicht auf, sondern erscheint erst am Dienstag oder am Mittwoch und dann auch immer nur sporadisch für ein paar Stunden. Warum auch nicht, schließlich ist er ja der Chef.

Die Haustür wird aufgerissen und Lidia steckt aufgebracht ihren Kopf ins Treppenhaus.

„Oh Mann, Emi, kommst Du endlich! Die Geschäfte machen um zehn Uhr zu und ich will wenigstens noch in meine Lieblingsboutique und ins Corte Inglese."

„Jaa, ich bin ja schon da."

Wir setzen uns in Lidias Mini und auf geht's über die Autobahn nach Palma.

Die Autobahn endet direkt am Stadtrand von Palma. Ich genieße es jedes Mal, aus dieser Richtung nach

Palma hineinzufahren. Das Erste, was man sieht, sind der Hafen und das Meer. Es ist bereits dunkel. Im Hafen liegt gerade die AIDA und die Norwegian Epic, die mit einer Länge von fast 330 Metern auf Platz zwei der größten Kreuzfahrtschiffe der Welt liegt.

Beide Schiffe sind hell erleuchtet, genauso wie der Paseo Maritimo, den wir entlangfahren. Der Paseo Maritimo ist eine der größten und – wie ich finde – schönsten Straßen von Palma. Sie führt direkt am Meer entlang, rechts und links stehen große Palmen. Direkt an der imposanten Kathedrale von Palma befindet sich eine öffentliche Tiefgarage, in der wir einen Parkplatz finden.

Von dort gehen wir direkt in die Altstadt. Zielstrebig laufen wir durch die kleinen, engen mit Gaslaternen ausgeleuchteten, verwinkelten Gassen, vorbei an alten geschichtsträchtigen Gemäuern. Vor einem ganz kleinen, schiefen Gebäude, das höchstens eine Breite von vielleicht fünf Metern aufweist, dafür aber über vier Etagen geht und von einer alten Kirche und einem beeindruckenden Palazzio flankiert wird, bleiben wir stehen und schauen ins Schaufenster, bevor wir eintreten, was durch das Klingeln eines kleinen Glöckchens angekündigt wird. Wir sind in Lidias Lieblingsboutique, die Viviana, einer jungen Designerin, gehört. Viviana kommt aus Kuba, redet wahnsinnig viel, ist sehr nett und hat tolle schwarze Korkenzieherlocken.

„Hola Chicas", begrüßt sie uns überschwänglich mit Küsschen rechts und links.

„Hola, cómo estás, cariño? Hör mal Vivi, mein Vater hat Geburtstag und ich brauche ein wirklich schönes Kleid. Festlich, aber nicht spießig, ein bisschen sexy darf

es ruhig sein, hast Du da was Schönes in meiner Größe?"

„Mmm", überlegt Viviana.

Lidia hat einen sehr speziellen Geschmack, der sich
mit zwei Begriffen beschreiben lässt: sehr bunt und sehr
eng. Daher tut sie gut daran, bei wichtigen Kleidungs-
einkäufen einen Berater an ihrer Seite zu haben.

Aufgeregt durchstöbert Lidia das Sortiment und entdeckt schnell ein pinkes, sehr kurzes Kleid und probiert
es auch sofort an. Begeistert kommt sie aus der Umklei-
de. „Trara.....na wie seh ich aus?", möchte sie von Viviana und mir wissen.........Wir schauen zu Lidia.......wir
schauen uns an....wir schauen zu Lidia.........Wie sag ich
meiner Freundin, dass das Kleid toll ist, aber nicht bei
ihr, die Beine sind zu kurz, der Hintern ist zu dick, der
Busen quillt etwas unvorteilhaft heraus, unter den Armen kneift es und pink passt zwar toll zu Lidias schwarzen Haaren, aber nicht zu ihrem Teint, kurz um, das
Kleid ist der Supergau.

„Mmm ja, nett....", meint Viviana.

„Ja wie nett. Sag mal ein bisschen mehr, Vivi, nett
hört sich ja fast an wie die kleine Schwester von Scheiße. Ach man.....mir gefällt das Kleid soooo gut." Sie
dreht und wendet sich vor dem Spiegel und strahlt.
„Emi, was meinst Du?"

„Och, ähm, also..........interessant würde ich sagen."

„Interessant....aha."

Viviana kommt mit einem grauen, tailliert geschnit-
tenen, etwas längeren Kleid an. Es ist klassisch, sportlich
und trotzdem sehr elegant, ein bisschen sieht es sogar
nach Tom Ford aus. „Probier das doch mal Lidia, ich
glaub, das steht Dir. Das Kleid bedeckt gerade so die

Knie, hat einen schicken Dreiviertelärmel, macht schlank und streckt."

„Wieso ′macht schlank und streckt′? Bin ich ein kleiner, dicker Zwerg?"

„Nein, natürlich nicht. Das Kleid sieht toll aus, probier's mal an."

Nach einer Stunde stehen wir schließlich an der Kasse, und Lidia bezahlt ein wirklich schönes Kleid. Es ist gelb, hat einen runden Ausschnitt, der schwarz eingefasst ist, es ist gerade geschnitten und steht ihr wirklich richtig gut.

Das Kleid hat 230 Euro gekostet, einen Grundkurs in angewandter Psychologie, Fingerspitzengefühl, eine natürliche Begabung im taktischem Verhandeln, sowie strategische Kenntnisse und gaaaanz viel Geduld. Aber es hat sich gelohnt.

Es ist Viertel nach neun und Lidia will noch schnell ein paar Straßen weiter ins Corte Inglese, ein wirklich tolles Kaufhaus, in dem man immer etwas Schönes findet. Lidia möchte im Souterrain noch einen schicken Geschenkkarton kaufen, um den Gutschein für eine Ballonfahrt, den ihr Vater zum Geburtstag bekommt, ordentlich einzupacken.

Während Lidia eine Verkäuferin auf Trapp hält, weil sie sich mal wieder überhaupt nicht entscheiden kann und jeden Karton prüfend in den Händen hält, um sich dann gleich den nächsten geben zu lassen, der vorzugsweise immer ausgerechnet ganz oben im Hochregal liegt, vertreib ich mir die Zeit in der angrenzenden Elektronikabteilung.

Ich bin begeistert von den riesigen Flachbildschirmen, die es bei den Fernsehgeräten mittlerweile gibt und 'ne echt super Bildqualität haben die auch. Ich schlendere so von Gerät zu Gerät, alle Apparate zeigen das gleiche Programm. Im Moment sieht man gerade Aufnahmen von den heftigen Stürmen, die an den nordspanischen Küsten toben. Riesige Wellen brechen sich an Deichanlagen und Felsklippen oder überfluten Strandpromenaden, an denen immer wieder irgendwelche leichtsinnigen Schaulustigen stehen. Gerade sehe ich, wie eine Riesenwelle eine Frau ergreift und sie zu Boden reißt. Die Welle fließt zurück und mit ihr die Frau, die mit unglaublicher Geschwindigkeit in Richtung offenes Meer gerissen wird und sich in letzter Sekunde noch an einem Laternenmasten festhalten kann.

Mann, wie kann man auch nur so leichtsinnig sein.

Das Bild wechselt und man sieht eine Nachrichtensprecherin, die irgendetwas erzählt, leider ist bei allen Geräten der Ton ausgestellt.

Im Hintergrund wird ein neues Bild eingeblendet, offensichtlich wechselt sie von den Unwettern zum nächsten Thema. Was ist denn das?........Mir entgleisen die Gesichtszüge und ich trete einen Schritt näher an das vor mir stehende Fernsehgerät, um genauer sehen zu können. Das darf doch nicht wahr sein....... Die Nachrichtensprecherin wird ausgeblendet und das Hintergrundbild erscheint in Großaufnahme. Von ca. fünfzig Fernsehgeräten aus starrt Herr Feige mich an. Jetzt wird ein Untertitel eingeblendet.

Heute tot aufgefunden.

ACHTZEHN

Eine Stunde später sind wir zurück in der WG und ich zieh mich gleich in mein Zimmer zurück, um in Ruhe auf meinem iPad nach weiteren Informationen zum Ableben von Herrn Feige zu googeln.

Unter www.inselradio.com finde ich auch schnell einen ganz aktuellen Bericht:

Heute am frühen Nachmittag wurde der bekannte Immobilienmakler und Unternehmer Markus Feige (58) tot aufgefunden. Spaziergänger fanden ihn am Strand der Drei-Finger-Bucht in der Nähe von Sol de Mallorca. Vermutlich wurde seine Leiche vom Meer angespült. Zur Todesursache hat sich die örtliche Polizei derzeit noch nicht geäußert, man will die Obduktionsergebnisse, mit denen nicht vor morgen zu rechnen ist, abwarten.

Markus Feige machte zuletzt durch ein auf Mallorca sehr umstrittenes Baugebiet, das sich in unmittelbarer Nähe des Auffindungsortes des Leichnams befindet, auf sich aufmerksam.

Puh, ich kann kaum glauben, was ich da lese.

Dann war Feige aller Wahrscheinlichkeit nach bereits tot, als ich ihn vorgestern Abend auf dem Bett im Anwesen von Bonafe liegend entdeckt habe; und mit großer Wahrscheinlichkeit finden sich seine Mörder, denn das es hier um Mord geht, daran habe ich keinen Zweifel mehr, im direkten Umfeld von Bonafe.

Ich lege mein iPad zur Seite und lass mich völlig fertig und mit dröhnenden Kopf auf mein Bett fallen.

Warum nur haben die Feige umgebracht? Wusste er etwas und wollte damit zur Polizei gehen? Die Vermutung liegt nah, denn wegen irgend so einer Sache hatte Raschmüller ihn bereits ein paar Tage vorher mit einer Waffe bedroht. In dem Zusammenhang hat Raschmüller auch von einem unangenehmen Gespräch, das Feige und er kurz vorher mit Bonafe geführt haben müssen, gesprochen. Aber warum wollte Feige zur Polizei gehen? Und was wusste er?

Das Schlimmste ist wirklich, dass ich mit niemandem über die Sache sprechen kann, nicht einmal mit Lidia, denn ich kann nicht ausschließen, dass Jonathan in der Geschichte mit drin steckt, zu auffällig war vorgestern Abend sein plötzliches Erscheinen, als ich zu Fuß vom Bonafe'schen Landgut nach Puigpunient unterwegs war.

Mein Handy ertönt, es ist schon wieder Pavel. Ich weiß nicht, was ich ihm sagen soll, aber gar nicht mehr dran zu gehen, ist auch keine Lösung, nachher stellt Pavel noch einen Zusammenhang zwischen meinem abrupten, heimlichen Verschwinden vorgestern Abend und den mysteriösen Geschehnissen – das Wort 'Mord' möchte ich noch nicht einmal denken – her.

Aber treffen möchte ich mich mit ihm auch auf keinen Fall. Was soll ich nur machen?

Am besten, ich verschiebe die Beantwortung der Frage auf morgen.

NEUNZEHN

Am nächsten Morgen erscheine ich kurz vor zehn im Büro in Puerto Portals. Monique, Lara und Lackschühchen sind bereits da. Niemand macht seine Nägel, niemand hat seine Füße auf dem Tisch liegen, niemand telefoniert. Die drei sitzen zusammen am Besprechungstisch, jeder hat einen Pott Kaffee vor sich stehen und alle schauen trübe vor sich hin.

„Morgen, Frau van Steen, haben Sie schon von der Sache mit dem Chef gehört", fragt Lackschühchen. Ich nicke, hole mir einen Kaffee und setze mich zu den anderen an den Besprechungstisch.

„Das war garantiert Mord", sagt Monique.

„Wie kommst Du denn da drauf", will Lara wissen.

„Na, glaubst Du vielleicht, der Chef hatte ´nen Badeunfall, der geht doch nicht bei so einer Kälte ins Wasser", untermauert Monique ihre Hypothese.

„Nee, natürlich nicht", kontert Lara, „aber vielleicht war er alleine mit seinem Boot unterwegs und ist ins Wasser gefallen; und irgendwie hat er's nicht geschafft, wieder an Bord zu kommen und ist ertrunken."

„Ich weiß nicht, dann hätten sie ja auch sein Boot gefunden."

„Ja vielleicht haben sie das auch, das wissen wir doch gar nicht", argumentiert Lara weiter.

„Kinder, Schluss jetzt mit den wilden Spekulationen und an die Arbeit, Ihr habt doch gehört, was der Anwalt von Herrn Feige gesagt hat."

„Der Anwalt von Herrn Feige?", hake ich nach.

„Ja", sagt Mr. Jones, „Senor Ramses, Feiges Anwalt, war heute Morgen schon hier und hat uns über den Tod von Herrn Feige unterrichtet und uns im Auftrag von Feiges Sohn gebeten, unsere Arbeit wie gewohnt fortzusetzen. Die Firma soll wohl bestehen bleiben, zumindest erstmal so lange, bis die Todesumstände geklärt sind und das Erbe geregelt wurde."

„Aha", ich nehme meinen Kaffee und schleiche bedrückt zu meinem Schreibtisch.

Der Tag schleppt sich dahin. Besichtigungstermine stehen nicht an, nur viel Aktenarbeit und noch mehr Telefonate mit Kunden, die sich erkundigen, ob ihre Immobilien von uns weiter vermarktet werden. Bei einigen habe ich das Gefühl, dass sie vor allem anrufen, weil sie hoffen, noch die eine oder andere Insiderinfo zum Tod von Herrn Feige abgreifen zu können,

Am frühen Nachmittag kommt dann Monique nach ihrer Mittagspause, die sie für einige Besorgungen genutzt hat, ins Büro gestürmt und kreischt: „Ich hab's Euch doch gleich gesagt.....gerade eben kam's ganz groß in den Nachrichten.....den Feige haben se abgemurkst!"

Lara, Mr. Jones und auch ich verlassen unsere Arbeitsplätze und versammeln uns um Monique, die weiter ausführt: „Die Obduktion ist abgeschlossen und die Polizei hat die offizielle Todesursache bekannt gegeben. Der Feige wurde mit einem Schuss ins Herz mit einer kleinkalibrigen Waffe getötet und anschließend ins Meer geworfen. Die Strömung muss ihn dann in die

Drei-Finger-Bucht geschwemmt haben. Die Ermittlungen laufen auf Hochtouren, aber eine heiße Spur soll es wohl noch nicht geben."

„For god's sake", stöhnt Mr. Jones auf und schlägt seine Hände vor der Brust zusammen.

„Ach du Scheiße", rutscht es Lara raus.

„Der arme Herr Feige", sage ich, denn ich bin bei weitem nicht so überrascht und fassungslos wie die anderen.

„Wer tut denn bloß so etwas?", kommt es von Lara.

„Vielleicht hat er mit den falschen Leuten Geschäfte gemacht", sage ich leise und fast mehr zu mir selbst.

Alle drei starren mich an. Mr. Jones findet als erster Worte und sagt sehr ernst: „Seien Sie vorsichtig, was Sie da erzählen, Frau van Steen. Mit solchen Äußerungen sollten Sie nicht leichtfertig umgehen."

„Und warum nicht?", erwidere ich schneller als ich denken kann.

Wütend funkelt Lackschühchen mich an,....er antwortet nicht gleich, sagt aber dann: „Weil Sie den tadellosen Ruf der Firma Feige und Partner damit beschädigen. Das Unternehmen Feige und Partner macht nur seriöse Geschäfte, und unsere Geschäftspartner sind über jeden Zweifel erhaben, das sollten Sie sich sehr gut merken, Frau van Steen."

„Vielleicht war's ja ein durchgedrehter Umweltaktivist, der nicht will, dass die Urbanización el Paraíso gebaut wird", steuert Monique ihre Meinung bei.

„Also meine Damen.....", Lackschühchen hat sich wieder voll im Griff, fährt gekonnt mit der Hand durch seine lange Mähne, beißt ein paar Mal energisch auf sein Kaugummi und sagt dann ganz autoritär: „Jetzt ist

Schluss mit den Spekulationen, davon will ich nichts hören; und wenn mir zu Ohren kommt, dass eine der hier anwesenden Damen so etwas in die Öffentlichkeit trägt, darf sie gleich ihr Kündigungsschreiben verfassen. Ist das klar? Haben wir uns da verstanden?"

Beim letzten Satz schaut Lackschühchen mich intensiv an.

„Alles klar, Mr. Jones", sagt Monique diensteifrig und Lara stimmt schnell zu.

Lackschühchen wendet seinen Blick nicht von mir ab. „......das ist klar, ich hab Sie verstanden", sage auch ich schließlich.

„Ok, dann gehen Sie bitte wieder an ihre Arbeit, meine Damen."

ZWANZIG

Am gleichen Abend in der WG überfallen Lidia und David mich bereits an der Haustür. Natürlich haben auch sie mitbekommen, was passiert ist.

„Du musst zur Polizei gehen, Emi, Du musst eine Aussage machen", stürmt Lidia auf mich ein, während ich mich zur Küche vorkämpfe und mich erstmal auf einen Stuhl fallen lasse.

„Ja", klinkt sich auch David sofort ein. „Du musst denen von dem Gespräch zwischen Feige und Raschmüller erzählen."

„Du darfst so wichtige Informationen auf keinen Fall für Dich behalten", kommt es wieder von Lidia.

„Meine Güte, das ist ja ein Hammer, seitdem ich im Club gehört habe, dass der Feige ermordet worden ist, ...also, ich konnte keinen klaren Gedanken mehr fassen, das ist so unglaublich", eifert sich Lidia, die wirklich völlig durch den Wind ist.

„Das ist wirklich so voll krass, ich weiß gar nicht, was ich sagen soll, also keine Ahnung, aber ich hab davon auch heute auf Arbeit erfahren. Ich bin dann gleich erstmal raus an die frische Luft, keine Ahnung, das ist furchtbar, der arme Feige, der tut mir so leid."

Die beiden sind so aufgeregt und reden so viel und so schnell auf mich ein, dass keiner von uns mitbekommt, dass Jonathan aufgetaucht ist.

„Wo kommst Du denn plötzlich her, Schatz?", fragt Lidia überrascht.

Jonathan hat noch seine Uniform an und antwortet: „Ich hab Señora López unten vor der Haustür getroffen und der alten Dame ihre Einkaufstaschen in die Küche getragen, na und hier oben habt ihr die Tür ja mal wieder sperrangelweit aufstehen lassen. Man hört Euch übrigens im ganzen Treppenhaus."

„Oh…", fällt Lidia dazu ein.

„Na, wie ich gehört habe", fährt Jonathan fort, „wisst Ihr ja schon Bescheid; ich dachte, ich fahr direkt nach der Arbeit mal zu Euch rüber. Bei uns ist seit heute Morgen die Hölle los. Ja und nachdem heute Nachmittag dann bekannt wurde, dass der Feige ermordet wurde, ist sofort eine Sondereinheit, die die Ermittlungen übernimmt, gebildet worden. Ich bin auch dabei, deswegen darf ich eigentlich über den ganzen Fall nicht mit Euch reden."

„Ja, aber Du musst mit Emi reden, Du musst ihre Zeugenaussage protokollieren. Oh du meine Güte, Emi, Du bist Zeugin, du bist DIE Zeugin im Mordfall Feige", sprudelt es aus Lidia raus.

„Na ja, Lidia, deswegen bin ich ja hier. Jetzt beruhigt Euch erstmal und setzt Euch hin. Also passt auf, ich hab ein internes Hintergrundgespräch mit meinem Vorgesetzten geführt. Ich hab ihm von dem Gespräch und der Bedrohung durch Raschmüller gegenüber Feige, wobei Emi Zeugin wurde, berichtet." „Also", druckst The man with the Gun herum, „mein Chef hat alles zu den Akten genommen und die Ermittlungen laufen auch diesbezüglich. Wir gehen aber nach jetzigem Ermittlungsstand davon aus, dass es sich bei dem Täter um einen Umweltaktivisten handelt, vieles deutet darauf hin. Natürlich wird in alle Richtungen ermittelt, auch in Richtung Raschmüller. Mir ist nur wichtig, dass Emi nicht unnötig tief in so eine Geschichte hineingezogen wird. So etwas kann sich in sehr unangenehme Richtungen entwickeln, die nicht immer steuerbar sind. Gerade wenn Du gegen Leute wie den Raschmüller ermittelst, den wir zwar, das sag ich Euch jetzt intern, überprüfen, aber nicht für verdächtig halten – also gerade, wenn gegen solche Leute ermittelt wird, kann das unter Umständen unangenehme Folgen für die Beteiligten haben."

„Wieso denn das", will Lidia überrascht wissen.

„Na Lidia, das ist doch klar, überleg mal. Der Raschmüller würde natürlich mit so einer offiziellen Zeugenaussage konfrontiert, sein Anwalt bekommt Akteneinsicht, und schnell ist klar, wer die Aussage gemacht hat: Emi. So und auch wenn der Raschmüller mit dem Tod von Feige aller Wahrscheinlichkeit nach nichts zu tun hat, so hat er trotzdem den Feige mit einer Waffe bedroht. Und ihm wird gar nicht gefallen, dass Du das weißt, Emi. Ja und ich sag's nicht gerne, ich möchte Dir auch nicht unnötig Angst machen, aber Du wärest nicht die erste, die so in Misskredit gebracht wird, dass vorsorglich, solltest Du einmal Deine Aussage öffentlich tätigen wollen, womit Raschmüller ja jederzeit rechnen muss, keiner Dir glauben wird. Solche Sachen fangen wirklich mit direkter Einflussnahme am Arbeitsplatz an, Mobbing ist da noch das Harmloseste und das geht weiter bis zur kompletten Zerstörung des Rufs einer Person. Und glaub mir, Emi, der Raschmüller hat die Mittel dazu, Dein Leben zu ruinieren. Es wäre besser, er erfährt nichts von Deiner kleinen Beobachtung.

Ja und mein Chef und ich, wir haben schon in vielen Ermittlungen gut zusammengearbeitet, wir wissen, dass wir uns auf einander verlassen können, und es ist wichtig, dass man Leute hat, denen man vertrauen kann. Also,...langer Rede kurzer Sinn.....ich habe es geschafft, ohne die wichtige Information zu dem Gespräch, das Emi mit angehört hat, unter den Tisch zu kehren, Emi offiziell aus der Sache herauszuhalten, sie muss keine offizielle Aussage machen, trotzdem wird der Raschmüller intern, aufgrund von Emis Beobachtung, überprüft."

Stille, keiner sagt was, bis Lidia schließlich als erste das Wort ergreift. „Joni, Du bist ein Schatz, Du bist mein Held. Soweit habe ich gar nicht gedacht, aber klar, das ist ja logisch, natürlich hast Du Recht. Danke, ich glaub Du hast uns, Du hast Emi wirklich den Hals gerettet."

Aus lauter Begeisterung kriegt der hinterhältige Verräter jetzt auch noch einen dicken Schmatzer von Lidia.

Auch von David wird der ach so aufopferungsvolle, liebe Joni angestrahlt.

„Voll krass, tönt es von ihm, ...Jonathan, soweit hätte ich auch nicht gedacht. Keine Ahnung, aber solche Hintergrundinformationen sind ja super spannend."

Du Mistkerl!......schreit es in mir. Feige ist tot und wenn auch nicht Raschmüller selbst sein Mörder ist, so kommt er zweifelsfrei aus dem direkten Umfeld von Bonafe und Raschmüller. Die haben doch gestern Abend sozusagen vor meiner Nase die Leiche entsorgt oder entsorgen lassen.

Und meine Aussage wäre von erheblicher Bedeutung. Du verhinderst sie. Aber ich muss schon zugeben, Dein kleiner Vortrag eben gerade war eine echte Meisterleistung.

Ich platze innerlich, aber ich darf nichts sagen, ich darf niemanden in mein Wissen einweihen – so lange nicht, bis ich Beweise habe. Beweise auch gegen Jonathan. So lange muss ich durchhalten und gute Miene zu dem üblen Spiel machen.

„Danke...", sage ich also ganz lieb zu Jonathan...." Du bist wirklich ein Freund."

EINUNDZWANZIG

Endlich ist Wochenende, Freitagnachmittag. Ich verlasse gerade das Büro und trödele in Richtung Bushaltestelle. Der nächste Bus fährt erst in 20 Minuten, ich kann mir also Zeit lassen. Das Wetter heute ist wunderschön, und ich genieße die letzten Sonnenstrahlen des Tages.

An der Bushaltestelle angekommen, setze ich mich auf eine Sandsteinmauer, schließe meine Augen und wende mein Gesicht in Richtung Sonne.

Ein paar Momente später höre ich, dass ein Bus kommt und anhält. Ich blinzele kurz, es ist der Bus nach Palma.

Ach was soll's, un día es un día, ganz spontan entschließe ich mich, nach Palma zu fahren und etwas durch die Altstadt zu schlendern, vielleicht finde ich ja auch noch in irgendeinem Laden eine Kleinigkeit zum Shoppen.

Freitagabend in Palma ist aber auch ohne zu shoppen immer herrlich. Man hat das Gefühl, jeder der laufen kann, ist unterwegs: Familien mit kleinen, quengeligen Kindern, scharenweise junge Leute, verliebte und weniger verliebte Pärchen, aber auch viele alte Leutchen. Oft beobachte ich kleinere Grüppchen älterer, mallorquinischer Damen, die sich richtig aufgebrezelt haben und Shoppingtouren oder "window shopping" machen, dabei bleiben sie überall stehen, schnattern wie verrückt, probieren alles an und aus und man sieht richtig, dass sie Spaß haben wie die Teenies. Ich finde das herrlich. Ohnehin gefällt mir auf Mallorca, wie auch in vielen anderen südlichen Ländern sehr gut, dass der Altersrassismus nicht so ausgeprägt ist wie bei uns in Deutschland. Alt und Jung vermischt sich hier einfach viel mehr.

Während der Bus von Puerto Portals nach Palma über die Autobahn saust, wie meistens mit grenzwertigem Tempo, was aber niemanden zu stören scheint, schaue ich aus dem Fenster und lasse die Landschaft und meine Gedanken vorbeiziehen. Die letzte Woche kommt mir in den Sinn, ich denke an den armen Herrn Feige, der tot ist, *der*, wie die Mallorca Zeitung reißerisch schrieb, *viel zu früh grausam und brutal aus dem Leben gerissen wurde...*, meine Gedanken machen einen Sprung und verharren kurz bei Pavel, der es mittlerweile aufgegeben hat, mich auf meinem Handy zu erreichen, um dann schließlich bei den Ereignissen vom vergangenen Samstagabend haften zu bleiben.

Wieder und wieder ist mir in der vergangenen Woche die Szene durch den Kopf gegangen, in der ich im Schrank sitze und miterlebe, wie der leblose Körper von Feige, den ich zu diesem Zeitpunkt noch für eine Alkoholleiche hielt, bei deren Anblick ich mir ein Grinsen nicht verkneifen konnte,... oh Gott wie schrecklich perfide..., davongetragen wird.

Seit dieser Nacht habe ich mir immer wieder den Kopf darüber zerbrochen, was der Grund dafür sein könnte, dass mein Chef sterben musste, warum sein Mörder ihn nicht am Leben lassen wollte. Und immer wieder steht am Ende aller Überlegungen nichts weiter da als ein großes Fragezeichen, ich habe einfach keine Antwort.

Inzwischen sind wir bereits auf dem Paseo Maritimo auf Höhe der Kathedrale angekommen, der Bus hält und ich steige aus. Ein frischer Wind ist aufgekommen und pustet meine trüben und sich immer im Kreis drehenden Gedanken davon.

Ich werfe meine Handtasche über die Schulter und gehe in Richtung Paseo del Born.

Kurz vor dem Paseo biege ich rechts ab und lass mich durch die kleinen Straßen und Gassen treiben. Wie jeden Freitagabend ist es sehr voll, die Kneipen sind gut besucht; und Neugierige und Kaufwillige prüfen das vielfältige und sehr individuelle Angebot in den unzähligen kleinen Läden. Ich habe kein bestimmtes Ziel und biege mal nach links, mal nach rechts ab. Nach einer Weile fällt mir auf, dass ich in Gassen bin, in denen außer mir kaum noch jemand ist. Ich versuche mich zu orientieren, was mir aber nicht wirklich gelingt. Ich muss mich aber irgendwie in der Nähe der Kathedrale befinden, oder? Hmm, Moment mal, diese enge Gasse mit der hohen Sandsteinmauer, irgendwie kommt die mir doch bekannt vor. Ich schaue hoch und sehe die Krone einer riesigen Königspalme, die sich gegen die langsam aufkommende Dämmerung dunkel abhebt. Natürlich, es kommt mir zwar vor wie eine Ewigkeit, aber so lange ist es gar nicht her. Hier in der Nähe ist die Tapasbar, in der ich mit David am Abend meines ersten Arbeitstages war. Klar doch, und hier in diese Gasse sind wir gerannt, als wir in Panik waren, weil wir uns eingebildet hatten, von irgend so einem Wagen verfolgt zu werden. Herrje, wir sind wirklich zwei Drama Queens.

Mmm, mal sehen, dann sind hier ganz in der Nähe doch auch die Ramblas. Ich glaube da vorne rechts, dann links...hinter mir höre ich ein Fahrzeug kommen, gehe zur Seite und stelle mich mit dem Rücken dicht an eine Hauswand, um es passieren zu lassen. Ein dunkler Geländewagen nähert sich langsam, als er auf meiner Höhe ist, sehe ich das nicht einmal einen Meter entfernte Gesicht des Fahrers. Es ist Raschmüller. Er würdigt mich keines Blickes und fährt langsam an mir vorbei. Etwa hundert Meter weiter vorne, sehe ich dann die Bremslichter des Wagens aufleuchten, er stoppt kurz und biegt rechts in eine große Toreinfahrt. Ich will gerade meinen Schritt beschleunigen, um vielleicht noch einen Blick hinter das Tor werfen zu können, bevor es wieder geschlossen wird, da höre ich ein weiteres Fahrzeug kommen, wieder stelle ich mich mit dem Rücken dicht an die Wand, ein Q 5 oder 7, das weiß ich nicht so genau, auf jeden Fall ein Audi Geländewagen kommt auf mich zu. Diesmal wendet der Fahrer, als er auf meiner Höhe angekommen ist, mir sein Gesicht frontal zu. Einen kleinen Augenblick schauen wir uns direkt in die Augen, schon ist der Wagen weiter gefahren. Der Typ kommt mir wahnsinnig bekannt vor. Im Moment weiß ich aber nicht, wie ich ihn einordnen soll.

Ach sieh mal einer an, auch dieser Wagen biegt rechts ab und verschwindet irgendwo im Innenhof eines großen — mittlerweile habe ich mich der Einfahrt etwas genähert —, ja eines großen ehrwürdigen Palazzios, wie sie gerade in diesem Bereich der Altstadt häufig zu finden sind. Ich gehe etwas schneller und schaue in den Innenhof. Wow, der ist aber schön. Herrliche Palmen wachsen hier, im hinteren Bereich gibt es einen kleinen

Arkadengang und in der Mitte plätschert ganz idyllisch ein Springbrunnen. Das Szenario ist irgendwie völlig abgeschirmt von der Außenwelt. Eine kleine Enklave für sich.

Auf der rechten Seite des Innenhofes gibt es Stellplätze für PKWs, hier stehen auch die beiden Geländewagen, von ihren Fahrern ist aber nichts zu sehen oder zu hören.

Ich wage mich einige Schritte in die Einfahrt, um noch etwas mehr vom Patio und vielleicht auch von den beiden Männern zu sehen. Angestrengt denke ich darüber nach, wo ich den zweiten Mann hinstecken soll. Ich hab ihn hundertprozentig schon irgendwo gesehen, leider fällt mir nicht ein, wo.

Noch ein Schrittchen vorwärts,...niemand zu sehen,.....noch ein paar Schritte,...außer mir ist niemand im Innenhof. Ich entdecke aber nun, dass sich im hinteren Bereich des Arkadengangs ein Treppenaufgang, der von zwei prächtigen Säulen flankiert ist, befindet. Während es im Innenhof bereits dunkel wird, ist der Treppenaufgang von einer herabhängenden Lampe beleuchtet. Durch die geschlossenen Klappläden dreier neben einander liegender Fenster im ersten Obergeschoss, direkt über dem Treppenaufgang, fällt etwas Licht in den Innenhof. Alle anderen Klappläden sind ebenfalls geschlossen, die dahinter liegenden Räume liegen im Dunkeln.

Die friedliche Ruhe, die hier herrscht, wird unvermittelt durchbrochen durch das Motorengeräusch eines weiteren Fahrzeugs. Instinktiv laufe ich nicht die paar Schritte auf die Straße zurück, sondern verstecke mich schnell hinter einem dichten Buschwerk, direkt neben dem linken Flügel des großen, aus massivem Eichenholz gearbeiteten Einfahrtstores.

Auch dieser Wagen biegt von der kleinen Gasse aus in den Hof und kommt auf einem der beiden noch freien Stellplätze zum Stehen. Fahrer- und Beifahrertür werden fast gleichzeitig geöffnet, zwei ältere, sehr seriös aussehende Herren, der eine in einem grauen, der andere in einem beigen Anzug, steigen aus der Limousine. Ohne ein Wort zu sagen, gehen sie in Richtung Treppenaufgang, sie scheinen sich hier auszukennen, zumindest sind sie heute nicht zum ersten Mal hier. Nach ein paar Schritten bückt der etwas jünger wirkende Mann sich, um seinen Schnürsenkel zu zubinden, der andere Mann bleibt stehen und wartet auf ihn. Die beiden sind nur wenige Schritte von mir entfernt, dem einen der beiden schaue ich direkt ins Gesicht, von dem anderen, der seinen Schuh zu bindet, sehe ich das Profil,...verdammt........auch die beiden hab ich schon mal gesehen nur wo.....wo war das nur?

Im gleichen Moment ertönt das Wummern einer schweren Maschine, durch den Wiederhall des Motorengeräusches in der engen Gasse, in der sich der dazugehörige Wagen befinden muss, hat man regelrecht das Gefühl, als würde die Luft vibrieren.

Und dann wird meine plötzlich aufflammende Vorahnung auch wahr, ein Sportwagen mit wummernder Maschine biegt in den Patio ein und steuert den letzten freien Parkplatz an. Pavel steigt aus, unmittelbar danach öffnet sich auch die Beifahrertür, bei dem Mann der aussteigt, handelt es sich um einen relativ jungen Typen, er ist leger gekleidet mit Jeans und Pulli und hat etwas verwuschelte Haare, ...keine Ahnung wer das ist.

Die vier Männer begrüßen sich knapp und gehen dann gemeinsam zum Treppenaufgang, in dem sie verschwinden.

Zu blöd, aber von weiteren Beobachtungen bin ich erstmal abgeschnitten. Es sei denn,....nee das wär zu gefährlich, andererseits.........was sollte schon passieren, wenn ich mal den Treppenaufgang ganz vorsichtig hochschleichen würde und schaue, ob ich nicht im ersten Stockwerk etwas von den Gesprächen der Herren mitbekommen kann?

Anderseits ist mit denen nicht zu spaßen, wie ich mittlerweile ja weiß.

Wem wohl das Haus gehört, überlege ich weiter. Das werde ich jedenfalls, wenn überhaupt, nur erfahren, wenn ich mich in die Höhle des Löwen wage. Außerdem ist das für mich eine einmalige Chance, vielleicht etwas über die Hintergründe zum Mord an meinem Chef in Erfahrung zu bringen.

Dem Tüchtigen gehört die Welt, außerdem hab ich keine Lust, vertanen Chancen hinterher zu trauern – also einmal tief einatmen und los geht's. Vorsichtig luge ich hinter meinem Busch hervor, nichts zu sehen; rasch gehe ich zum Treppenaufgang und schleiche mich dann die doppelläufige Treppe hoch. Oben angekommen stehe ich auf einem Podest, vor mir eine alte Holztür mit Rundbogen, Türknauf, und statt einer Klingel gibt es einen antiken Türklopfer.

Ganz sachte drehe ich den Türknauf, die Tür öffnet sich einen Spalt und ich schaue in ein kleines Foyer mit einem schwarz-weiß gefliesten antiken Marmorboden. Im Foyer selbst brennt kein Licht, trotzdem kann ich alles erkennen. Durch das sandgestrahlte Oberlicht der

Tür eines angrenzenden Raumes fällt Licht in das Foyer. Außerdem sind Stimmen hinter dieser Tür zu hören.

Super, da muss ich ja nur ein paar kleine Schrittchen gehen, und schon kann ich an der Tür lauschen......

„......was regen sie sich überhaupt auf, oder wollen sie auf einmal den anständigen Politiker mimen", sagt eine heisere Stimme, die sofort wieder hohes Unwohlsein bei mir auslöst. „....Señor Fernández dafür ist es zu spät...", vernehme ich weiter........

Señor Fernández,...Dios mío..., das ist doch ein auf Mallorca sehr bekannter Politiker, sitzt der nicht auch im Parlament?......klar, jetzt fällt es mir wie Schuppen von den Augen, Señor Fernández, das war der, der Direkt nach Raschmüller in den Hof fuhr, natürlich, sein Gesicht flackert jeden zweiten Abend über den Bildschirm, deshalb kam er mir auch so bekannt vor, ...und natürlich die beiden anderen älteren Typen auch, die sind irgendwie hohe Tiere in der Verwaltung, von denen habe ich in den letzten Tagen im Zusammenhang mit dem umstrittenen Bau der Urbanización el Paraíso auch ständig Fotos in der Zeitung und irgendwelche Berichte und Interviews im Fernsehen gesehen,...die sind im Moment in den Medien ständig präsent.......

„.........außerdem seien Sie doch froh, dass wir die Drecksarbeit machen, von der Sie profitieren, mein Lieber...."

„Sie hätten niemals so handeln dürfen, ohne dass Sie mit uns darüber gesprochen haben", sagt eine andere Stimme.....

„Das war nicht geplant; und um ihr wertes Einver-
ständnis einzuholen, war keine Zeit mehr da",.....das
war wieder die heisere Stimme.

„Wenn wir jetzt auffliegen, gehen wir nicht nur wegen Bestechung, sondern wegen Mord oder Beihilfe ins
Gefängnis.....", faucht wieder der andere Mann.

„Wenn, ...", fährt die heisere Stimme fort, „....wir
fliegen aber nicht auf, wenn keiner der hier Anwesenden durchdreht und jeder sich an die Abreden
hält....Meine Herren, darf ich Sie noch einmal erinnern,
wie viele Jahre Arbeit wir alle investiert haben – und
jetzt endlich sind wir ganz kurz vor dem Ziel....."

Ich trau kaum meinen Ohren. Soeben hat Raschmüller den Mord an Feige, zumindest aber den Auftrag dazu
gestanden. Aber nicht nur das, der ganze Haufen ist
durch und durch korrupt, natürlich, nur so war es möglich, die Genehmigung für den Bau eines Projektes wie
die Urbanización el Paraíso im Naturschutzgebiet durch-
zusetzen.

Ich denke, ich habe genug gehört. Besser, ich trete
den Rückzug an, bevor mich hier doch noch jemand
erwischt. Mein kleines Abenteuer hat sich auf jeden Fall
gelohnt, freue ich mich, auch wenn der Schreck über
das Gehörte mir noch ordentlich in den Knochen steckt.
Auf jeden Fall habe ich unglaubliche Informationen
erhalten. Wie ich damit umgehen werde, das werde ich
mir dann ganz in Ruhe überlegen müssen. Jetzt aber so
schnell wie möglich raus hier.

Ich laufe die Treppe hinunter und will gerade durch
den Patio huschen, da bleibe ich erschrocken stehen.

Mittlerweile ist es dunkel geworden, allerdings nicht
im Patio, der ist hell erleuchtet mit einem phantasti-

schen Beleuchtungskonzept. Sämtliche Pflanzen sind angestrahlt, der Springbrunnen ist wunderbar mit zwei Strahlern in Szene gesetzt; und auch die alten, schätzungsweise drei Meter hohen Sandsteinmauern, die das nun geschlossene ebenso hohe Einfahrtstor rechts und links flankieren, werden durch Bodenleuchten, die nach oben strahlen, luminesziert.

Na klasse, warum soll's auch mal glatt laufen. Ich starre ungläubig auf das geschlossene Tor. Na, vielleicht ist es ja nicht abgeschlossen, überlege ich hoffnungsvoll, schaue mich einmal nach allen Seiten um, niemand ist zu sehen, ich laufe so rasch und unauffällig wie möglich durch den hell erleuchteten Innenhof zum Tor. Dort angekommen muss ich feststellen, dass es sich um ein elektrisch angetriebenes, hydraulisches Tor handelt. Ich habe keine Chance, das zu öffnen, ohne Fernbedienung oder zumindest Werkzeug, mit dem ich die hydraulische Verriegelung lösen kann.

Ohne lange nachzudenken, renne ich zurück zu dem von Blicken aus den oberen Stockwerken des Palazzios geschützt liegenden Treppenaufgang. Angestrengt überlege ich, was ich tun kann. Hier im hell erleuchteten Hof gibt es keine Möglichkeit mehr, mich zu verstecken, um abzuwarten, dass die Herren das Anwesen verlassen und das Tor wieder geöffnet ist. Einen weiteren Ausgang im Patio zur Gasse gibt es auch nicht. Die einzige Möglichkeit, die ich habe, ist zurück ins Haus zu gehen und zu versuchen, von dort durch ein Fenster den Palazzio zu verlassen.

Vorsichtig gehe ich die Treppe erneut hinauf. Oben angekommen höre ich wieder die heisere, unheimliche Stimme von Raschmüller und die Stimmen der anderen

Männer, die sich mittlerweile heftig zu streiten scheinen. Ich schaue zu der Tür, vor der ich noch vor wenigen Minuten gestanden habe, um das Gespräch zu belauschen. Diesmal wende ich mich nicht nach links der Tür zu, sondern gehe den zu meiner Rechten liegenden Flur hinunter. Am Ende des Flures, der zu beiden Seiten von Türen flankiert ist, wende ich mich nach rechts, wohin sich der Gang fortsetzt. Fiel in den vorderen Teil des Flures noch ein schwaches Licht aus dem Oberlicht des Raumes, in dem sich die Männer befinden, so ist der hintere, abbiegende Teil in völlige Dunkelheit getaucht. Zum Glück habe ich immer meine kleine Minitaschenlampe, die an meinem Schlüsselbund hängt und kaum größer ist als mein Haustürschlüssel, dabei. Ich krame in meiner Handtasche und finde schließlich mein Schlüsselbund, das ich aus den Tiefen der Tasche hervorziehe.

Ausgerüstet mit meiner kleinen Taschenlampe, die mir den Weg erleuchtet, schreite ich bis zum Ende des Flures voran und stehe schließlich vor einer großen Holztür. Entschlossen drücke ich die schwere Klinke runter, die Tür öffnet sich, und ich stehe in einer großen Bibliothek. Der Raum ist lang und sehr hoch. Zu beiden Seiten gibt es Raum hohe Bücherregale, deren obere Reihen jeweils über eine fest an den Regalen montierte Leiter, die sich sowohl nach rechts wie auch nach links verschieben lässt, zu erreichen sind. Gegenüber von mir befindet sich eine schmale, hohe Holztür, deren obere Hälfte verglast ist. Das Fenster der Tür erlaubt einen Blick auf ein altes Gebäude, das wahrscheinlich gegenüber vom Palazzio in der kleinen Gasse, an der auch das Einfahrtstor des Anwesens liegt, steht. In der Bibliothek selber brennt kein Licht, doch gegenüber der Fenstertür ist, direkt an der Hauswand des gegenüberliegenden Gebäudes auf Höhe der Bibliothek, eine alte Gaslaterne montiert, deren fahles Licht in den Raum fällt.

Leider habe ich noch nicht einmal Zeit, mir auch nur wenigstens einige der vielen, herrlichen, alten Bücher näher anzuschauen. Auch dafür, die Atmosphäre des Raumes zu genießen, die geprägt ist, von tiefer Ruhe, dem Geruch von Leder und Papier und der Ahnung von den hier verborgenen Schätzen, bleibt keine Zeit.

Diesmal lässt auch meine Neugier mich die Gefahr, die sich durch meine Anwesenheit in diesem Gebäude birgt, nicht vergessen. Rasch durchquere ich die Bibliothek und öffne die Fenstertür. Vor der Tür befindet sich ein kleiner Balkon – und richtig: Dieser Balkon befindet sich oberhalb der Gasse, von der aus ich das Anwesen, vor... –ja, vor wie viel Stunden und Minuten eigentlich? – betreten habe. Ich weiß es nicht, jegliches Zeitgefühl habe ich verloren. Ich krame in meiner Tasche nach meinem Handy und sehe auf das Display. Es ist kurz nach acht Uhr – über eine Stunde ist vergangen, seitdem ich den Patio dieses Gebäudes betreten habe.

Die Zeit jedoch ist unerheblich. Erheblich ist die Differenz von ca. vier Metern zwischen Gasse und dem Balkon, auf dem ich stehe. Wie um alles in der Welt soll ich da runter kommen? Springen? Unmöglich, ich werde mir sämtliche Knochen brechen. Rums....was war das? Kam das aus Richtung Bibliothek? Schnell ziehe ich die mich womöglich verratende, offen stehende Fenstertür von außen zu und hocke mich ganz klein unterhalb des verglasten Türteils. Rums....wo kommt dieses Geräusch bloß her?.....Ich kauere mich noch kleiner zusammen. Hoffentlich will derjenige, der sich vermutlich lautstark

155

an irgendetwas in der Bibliothek zu schaffen macht – vielleicht versucht er eine der Leitern zu verschieben, um an ein weit oben stehendes Buch zu gelangen – ...na hoffentlich will er nicht ein wenig Luft schnappen und kommt auf die Idee zu diesem Zwecke auf den Balkon hinauszutreten.

Im Raum selber ist es aber dunkel, sonst würde auch Licht hinaus auf den Balkon fallen. Vorsichtig schaue ich über das Holzpaneel der Fenstertür in die Bibliothek hinein. Nur das fahle Licht der Straßenlaterne scheint nach innen. Schnell erkenne ich, dass niemand in der Bibliothek ist, das Geräusch muss von irgendwo anders her gekommen sein. Na prima, dann geh ich wieder hinein und schaue, ob ich noch irgendeine Treppe hinab ins Erdgeschoss finde und von dort eine Möglichkeit, das Gebäude, auch ohne das Tor im Patio zu passieren, zu verlassen.

Ich drücke gegen die Tür, sie gibt nicht nach. Ich drücke noch einmal, diesmal kräftig. Nichts passiert. Blöder Mist, durchfährt es mich, die Tür ist ins Schloss gefallen. Von außen gibt es keine Klinke und keinen Knauf: Ohne das Glas zu zerschlagen, komme ich nicht zurück ins Gebäude.

Ich dreh mich um und rutsche langsam an der Tür hinunter, bis ich auf dem kühlen Balkonboden sitze. Was um alles in der Welt soll ich machen? Wie soll ich hier nur jemals unentdeckt und vor allem unversehrt wieder hinauskommen?

Mittlerweile hat es sich deutlich abgekühlt, leicht fröstelnd grüble ich vor mich hin und suche angestrengt nach einem Ausweg – einem Weg, der es mir ermöglicht, mich aus meiner prekären Situation zu befreien.

Ich mag gar nicht dran denken, was passiert, wenn Raschmüller und seine Kumpanen wieder zurück zu ihren Fahrzeugen im Innenhof gehen. Der Balkon, auf dem ich hocke, befindet sich direkt auf der Ecke dieses Gebäudeflügels. Die eine Seite grenzt an die Gasse, die andere Seite an den Patio. Wenn die Herrschaften das Gebäude verlassen, können sie mich leicht entdecken.

Aber vielleicht wäre es möglich......mhhh....das könnte klappen......Die große Mauer, die die Gasse und den Innenhof voneinander trennt, befindet sich ca. einen Meter unterhalb meines kleinen Balkons. Wenn ich über das schmiedeeiserne Balkongeländer klettere, könnte ich mich von der Bodenplatte des Balkons herunterhangeln und auf die Mauer klettern. Ich müsste dann rittlings auf der Mauerkrone etwa zehn Meter vor rutschen bis zum Einfahrtstor. Neben dem Einfahrtstor steht eine alte Straßenlaterne. Es sollte mir doch gelingen, dort — hoffentlich ohne größere Verletzungen — herunterzuklettern, zu rutschen, was auch immer......das krieg ich hin.

Zum Glück liegt die Gasse ziemlich einsam, es ist hier völlig menschenleer. Die Fensterläden der gegenüberliegenden Gebäude sind geschlossen, dahinter ist kein Lichtstrahl zu erkennen.

Das fahle Licht der alten Gaslaternen taucht die Gasse in düstere grün, braun und dunkelgrau Töne. Auf der anderen Seite der Mauer wird die Dunkelheit durchbrochen durch die vielen Bodenleuchten, die gezielt Pflanzen, Springbrunnen und Arkadengang inszenieren.

Das Ganze sieht wunderschön aus, strahlt Ruhe und Frieden aus.

Das Balkongeländer hab ich schnell überwunden, die Kletterpartie auf die Mauer war etwas wackelig, aber auch das habe ich geschafft. Zum Glück habe ich eine Jeans an, so dass ich zwar langsam, aber zumindest halbwegs problemlos mich rittlings auf der Mauer vorkämpfen kann.

Ich freu mich, dass ich schon fast die Hälfte der Strecke hinter mir habe. Oh Mann, wieder Mal habe ich ein kleines Abenteuer gemeistert, triumphiere ich innerlich. So noch einen Meter, dann hab ich die Laterne erreicht.

Wom.....gleißendes Licht reißt mich aus der Dunkelheit und erschreckt mich fast zu Tode. Gleichzeitig höre ich eine deutlich vernehmbare, wenn gleich auch heisere Stimme....

„Hallo Sie, was machen Sie da?"

Ich halte mir die Hände vor die Augen, um etwas erkennen zu können und gebe mir gleichzeitig alle Mühe, das Gleichgewicht zu halten und nicht von der Mauer zu fallen. Der Patio ist jetzt in Tag helles Flutlicht getaucht. Unter den Arkaden, die im Schatten liegen, erkenne ich die Silhouette von zwei Personen. Ich schaue auf der der Gasse zugewandten Seite der Mauer hinab. Das sind mindestens drei Meter und darunter Kopfsteinpflaster. Die Idee eines kurz entschlossenen Sprungs in die Freiheit verwerfe ich sofort wieder. Die beiden Personen treten aus dem Schatten und kommen auf mich zu.......dios mío, das ist nicht nur die peinlichste Situation meines Lebens, ich mach mir auch vor Angst fast in die Hose...... Bewegungslos verharre ich auf der Mauer, was bleibt mir auch anderes übrig?......die Personen kommen näher..... und vor mir stehen dann, aber noch in einigen Metern Entfernung, jedoch eindeutig zu erkennen, Raschmüller und Pavel, beide mit unbewegtem Gesicht.

Ich starre. Die beiden starren. Alles kommt mir unwirklich vor, mehr wie ein Foto, das ich betrachte. Was werden die beiden tun? Die Polizei rufen? Mich erschießen....?

Raschmüller beendet die Stille abrupt.

„Kommen Sie sofort darunter.....", befiehlt er.

„Wie denn...ich kann nicht...das ist zu hoch....", piepse ich....

Von meinem Hochsitz aus habe ich einen phantastischen Überblick über den gesamten Hof.....was heißt phantastisch, mit genießen ist hier nichts......allerdings sehe ich, das seitlich an einer Hauswand eine Leiter lehnt.....

.....zu meinem Leidwesen immer noch mit Piepsstimme sage ich......, „vielleicht, mh.., ob ich vielleicht die Leiter bekommen könnte....", und weise zaghaft in die Richtung der Hauswand...

Raschmüller und Pavel drehen sich um, schauen sich dann an, Raschmüller nickt kurz und Pavel marschiert los, um die Leiter zu holen. Er lehnt sie gegen die Mauer, ich klettere hinab.

„Erklären sie mir bitte, wie Sie auf die Mauer kommen und was Sie hier zu suchen haben", will Raschmüller ruhig, aber auch ohne Anflug jeglicher Emotion von mir wissen, dann fügt er noch hinzu: „Das hier ist mein Privatbesitz."

Ich schaue von Raschmüller zu Pavel, der mir tief, aber ohne jegliches Zeichen des Erkennens in die Augen schaut. Was ist mit dem Kerl los, überlege ich. Einen Moment bin ich versucht, ihn direkt anzusprechen, aber eine innere Eingebung hält mich davon ab. Ich schaue wieder ängstlich zu Raschmüller, meine Gedanken rasen, was soll ich ihm nur antworten? ....Dann höre ich mich selbst mit Kleinmädchenstimme sagen......„Bitte entschuldigen Sie....ich wollte nicht auf ihr Grundstück, ich wollte......ja ich wollte.....na ja, ich war so neugierig und ich wollte doch nur mal über die Mauer schauen......ja und meine Freunde und ich, wir haben dann gewettet, ...na ja, auf jeden Fall haben mir die beiden auf die Mauer geholfen, ich weiß auch nicht richtig wie ich das geschafft habe, ja und als dann das Licht anging, sind die beiden weggerannt...."

Raschmüller verzieht keine Miene. Ich weiß nicht, ob er mir meine Geschichte abkauft. Ich glaube, das weiß er selbst nicht so genau. Jede andere Möglichkeit wäre aber noch viel unwahrscheinlicher. Zu dem Ergebnis kommt er auch, jedenfalls sagt er: „Sie sollten bei der Wahl ihrer Freunde sorgfältiger sein...." Wieder nickt er Pavel zu, der greift sich meinen Ellenbogen und schleppt mich Richtung Tor, das sich, während wir darauf zugehen, geräuschlos öffnet – und nachdem Pavel mich hinausbugsiert hat, ebenso wieder hinter mir schließt. Ein kühler Windstoß erfasst mich, mich fröstelt vor Kälte, aber ganz sicher auch vor Erleichterung. Ich atme tief durch und dann laufe ich so schnell wie möglich los, bevor es sich jemand noch anders überlegt und meinem jungen Leben doch noch ein jähes Ende bereiten möchte.....

ZWEIUNDZWANZIG

Ich laufe ziemlich ziellos durch die Gassen, aber irgendwie schaffe ich es und stehe doch auf einmal auf den Ramblas. Von dort beschließe ich, den nächsten Bus zu nehmen und nach Hause zu fahren.

Auf der Rückfahrt in die WG kreisen tausend Gedanken in meinem Kopf. Ich weiß nun, dass Raschmüller, Bonafe und Feige seit Jahren an dem riesigen Bauvorhaben Urbanización el Paraíso arbeiten, das in einem Naturschutzgebiet errichtet werden soll und für das seit ein paar Tagen eine Baugenehmigung vorliegt. Erst seit Vorliegen der Baugenehmigung ist das ganze Vorhaben in der Öffentlichkeit bekannt geworden, was riesige Wellen der Empörung in der Öffentlichkeit ausgelöst hat – zum einen natürlich wegen des Umstands, dass ein Naturschutzgebiet einer massiven Bebauung weichen soll, zum anderen, weil die ganzen Genehmigungsprozesse im stillen Kämmerlein stattgefunden haben.

Seit heute bin ich wahrscheinlich die Einzige, die die Gewissheit hat, dass hinter dieser Genehmigungsgeschichte ein riesiger Korruptionsfall steckt. Aber nicht nur das – mittlerweile geht es auch noch um Mord; und wiederum bin ich die Einzige, die nicht nur weiß, wer bestochen wurde und wer bestochen hat, sondern auch, wer die Mörder von Feige sind.

Ich erinnere mich an das Gespräch zwischen Raschmüller, alias dem Flüsterer, und Feige, das ich neulich abends in unserem Büro im Hafen unfreiwillig belauscht habe. Feige musste irgendwelche Beweise in der Hand haben, mit denen er das ganze Komplott hätte auffliegen lassen können; und er muss dies auch vorgehabt haben, zumindest waren seine Mörder dieser Annahme, deswegen musste er sterben.

Ich habe keine Ahnung, was ich mit all meinem Wissen anfangen soll. Wenn ich zur Polizei gehe, werden die Betroffenen alles abstreiten; und beweisen kann ich nichts. Für mich wird die Sache dann allerdings richtig gefährlich, denn dann bedeute ich für die Jungs eine noch größere Gefahr, als Feige es für sie war. Ich muss meine Phantasie gar nicht groß bemühen, um mir vorstellen zu können, wie viel Möglichkeiten eines tragischen Unfalltodes es gibt, der mein junges Leben schnell beenden könnte. Herrje,.....nicht zu glauben, was für Gedanken ich hier habe, während ich mit dem Bus bei sternklarem Himmel über die nächtlichen Straßen der wunderschönen, paradiesischen Insel Mallorca fahre.

Wenn ich wenigstens mit Lidia oder David sprechen könnte. David scheidet aus, weil er sofort durchdrehen würde. Lidia scheidet aus, weil ich nicht weiß, ob ihr Jonathan in irgendeiner Weise in die Sache involviert ist.

Der Bus bremst etwas unsanft und reißt mich aus meinen Gedanken. Wir sind in Santa Ponsa unweit unseres WG-Appartements angekommen, und ich steige aus, um das letzte Stück zu Fuß zu gehen. Vielleicht bringt die kühle, klare Abendluft ja eine Erleuchtung für mich.

Ich biege gerade um die letzte Ecke und bin auf der Zielgeraden – fünfzig Meter vor mir liegt unsere Wohnung –, als ich auf der gegenüberliegenden Straßenseite im Schatten eines großen Baumes – es ist wirklich ein großer Zufall, dass ich Blindfisch es überhaupt bemerkt habe – einen sehr tiefliegenden, wuchtigen, teuren, roten Sportwagen erblicke.

Ich habe zwei Möglichkeiten. Erstens ich glaube, dass das Pavels Auto ist und er hier irgendwo auf mich lauert, um mich kalt zu stellen – dann wäre die Konsequenz, sofort so schnell wie ich kann von hier wegzurennen und hoffentlich auf ein paar Menschen zu treffen, die Pavel daran hindern, mich umzubringen, weil er natürlich keine Zeugen haben möchte – oder zweitens: ich ringe mich zu der Überzeugung durch, dass meine blühende Phantasie mal wieder mit mir durchgeht, nur weil ich einen Sportwagen sehe, der aussieht wie Pavels, die hier auf der Insel aber im Dutzend herumfahren. Die Konsequenz hieraus wäre, ich gehe planmäßig weiter zur Wohnung und nehme mir vor, in der Zukunft nicht ständig Gespenster zu sehen.

Ich entschließe mich für Variante zwei, denn eigentlich bin ich ja doch ein ganz vernünftiger Mensch.

Mhhh...wo ist nur mein Haustürschlüssel? So ein Mist auch, dass diese riesigen Handtaschen zurzeit modern sind, in denen sich im Laufe der Zeit der halbe Hausstand einnistet,...äh...endlich, ich hab ihn und schließe die Tür auf....nein, ich will die Tür aufschließen, leider ist mir der Schlüssel aus der Hand gefallen und liegt nun irgendwo auf dem Boden im Stockdunkeln, weil die Hand, die sich auf meine rechte Schulter gelegt hat, mich zu Tode erschrocken hat.

Aus, Ende, vorbei, gleich wird mir eine Kapuze über den Kopf gezogen oder ein chloroformgetränktes Tuch unter die Nase gehalten, um mich so, jeglicher Gegenwehr beraubt, ins Auto zu schleppen und mich dann mit gefesselten Händen und Füssen irgendwo ins Meer zu werfen. Mein Herz rast und ich erwarte mein Schicksal.......

„Hallo Emi, was ist los,...hab ich Dich erschreckt? Sorry, tut mir leid", sagt die mir so vertraute Reibeisenstimme hinter mir. Langsam drehe ich mich um. Pavels Augen funkeln trotz der Dunkelheit. Er bückt sich und gibt mir meinen Haustürschlüssel, „.....bitte Emi, wir müssen dringend miteinander reden."

„Woher weißt Du, wo ich wohne, ist die erste geistreiche Frage, die mir einfällt, nachdem ich meine Stimme wieder gefunden habe."

„Später, ich verspreche, ich werde Dir alles erklären, bitte lass uns irgendwo hingehen, wo wir in Ruhe reden können."

Gut überleg ich, wenn er gewollt hätte, läge ich jetzt schon verschnürt in seinem Kofferraum, ich sage also, „....lass uns die Straße da vorne bis zu der kleinen Bucht runter gehen, da sind wir um diese Zeit ungestört, wir setzen uns auf die Kaimauer und können reden."

Pavel macht keinen Versuch, mir in irgendeiner Weise näher zu kommen. In einigem Abstand gehen wir schweigend nebeneinander her und setzen uns am Ende der Straße auf die kleine Sandsteinmauer. Wir schauen auf das Meer, die Wellen kräuseln sich leicht, und das Licht des Mondes lässt das Wasser silbern glitzern.

Ach,.....träume ich, es könnte alles so schön sein, wenn....ja wenn, dieser süße Typ neben mir kein russischer Mafiakiller wäre......wahrscheinlich will er mir jetzt einen Deal vorschlagen und mir irgendetwas bieten, damit ich für immer schweige..........Schweige? Worüber, Pavel weiß doch gar nicht, dass ich das Gespräch damals zwischen Raschmüller und Feige mitgehört habe. Er weiß auch nicht, dass ich die Leiche von dem armen Herrn Feige und deren Abtransport durch zwei Typen auf dem Bonafe'schen Anwesen gesehen habe; und er weiß nicht, dass ich ihn und seine Kumpanen vor ein paar Stunden gesehen und belauscht habe, geschweige denn, was ich dort gehört habe. Eigentlich weiß Pavel nur, das ich plötzlich von Bonafes Party verschwunden bin, na und.... man lässt junge Damen ja auch nicht so lange warten......und er hat gesehen, wie ich vorhin rittlings auf der Mauer saß, die das Anwesen von Raschmüller sichert. Klar, ist schon etwas komisch und auch ein merkwürdiger Zufall, aber was soll's ......mindestens genauso komisch war es, dass Pavel so getan hat, als würde er mich nicht kennen..."

„Also",...fängt Pavel an, „ich weiß nicht recht, wie ich es Dir erklären soll, es wäre mir lieber gewesen, das wäre auch gar nicht notwendig geworden, jedenfalls nicht zum jetzigen Zeitpunkt."

Dann sagt er ganz unvermittelt: „Ich gehöre zu einer Sonderermittlungseinheit des deutschen BKA und bin hier im Rahmen einer länderübergreifenden Zusammenarbeit zwischen BKA und einer spanischen Sondereinheit, die zur Bekämpfung der Geldwäsche durch die organisierte Kriminalität in Verbindung mit Korruptionsstraftaten gegründet wurde und ich bin als V-Mann eingeschleust worden."

Wow, ich bin platt......BKA...V-Mann....organisierte Kriminalität....

„Ich wurde vor einem Jahr in Bonafes Organisation eingeschleust. Bonafe gehört zur russischen Mafia und betreibt in deren Auftrag im großen Stil Geldwäsche. Die Gelder stammen aus Geschäften mit dem Glücksspiel, illegaler Prostitution, Waffenhandel, Erpressung....das volle Programm eben. Das deutsche Headquarter, wenn Du es so nennen willst, der Russenmafia ist in Hannover. Dort haben Bonafe und Raschmüller sich auch "kennengelernt". Besser gesagt, Raschmüller stand vor ein paar Jahren wegen Anlagebetrug mit einem Bein so gut wie im Knast. Zu dem Zeitpunkt hat Bonafe "ganz zufällig" Kontakt zu Raschmüller aufgenommen. Wir denken, dass Raschmüller am Anfang nicht gewusst hat, mit wem er es zu tun hat bzw. wer hinter Bonafe steckt. Ja und dann verschwand während des Prozesses Beweismaterial; und Zeugen, die unserer Meinung nach eingeschüchtert wurden, änderten ihre Aussagen oder konnten sich auf einmal an nichts mehr erinnern. Das Ganze ging so weit, dass ein Hauptbelastungszeuge während des Prozesses bei einem äußerst mysteriösen Autounfall ums Leben kam. Ja,...und am Ende der Geschichte stand ein Freispruch mangels Beweisen für Raschmüller."

Unglaublich, ich kann kaum glauben, was Pavel da erzählt. Raschmüller, Vorzeigeunternehmer par excellence, Self-made-Millionär und seitdem er sich aus dem aktiven Geschäft zurückgezogen hat, gibt es kaum eine Talkshow oder ein Klatschmagazin, in dem er nicht vertreten ist, insbesondere seitdem er auch noch diese medienträchtige Verbindung mit der dickbusigen, deutschen Seriendarstellerin und Möchte-gern-Supermodel eingegangen ist....wie sage ich immer gern in geselliger Runde....von der Kartoffelbäuerin (ihre Eltern haben einen Agrarbetrieb), über die Besetzungscouch, zur Milliardenbeischläferin, na wenn das keine Karriere ist.....selbstverständlich, wachsen mir bei solch schändlicher Rede dann auch immer augenblicklich Teufelshörnchen, die sich bisher aber immer gut zurückgebildet haben.

„Tja und wer A sagt, muss bekanntlich auch B sagen.....", fährt Pavel fort und unterbricht damit erstmal meine Gedanken.......... „es hat natürlich nicht lange gedauert und Bonafe hat von Raschmüller kleine Gefälligkeiten eingefordert. Ein kleines Geschäft, bei dem er Konten oder seinen guten Namen zur Verfügung stellen sollte, hier, ein weiteres dort – und ehe er sich versah, steckte er bis zum Hals mit drin, was, so sehen wir das jedenfalls, ihm aber nicht völlig widerstrebte. Ich sag's mal so....die Geschäfte, die er mit der Mafia machte, standen nicht unbedingt im Kontrast zu seiner eigenen Geschäftsmoral, und außerdem hat er dabei sehr gut verdient."

„Unglaublich, manche Leute können den Hals einfach nicht voll genug kriegen", kommentiere ich.

„Na ja, meint Pavel, in diesem Fall war's etwas anders. Raschmüller hat zweifellos sehr viel Geld verdient, aber der Verkauf seines Unternehmens an die Amis war bei weitem nicht so lukrativ, wie er gerne immer behauptet hat. Außerdem, wie das bei vielen so ist, easy coming, easy going. Er hat das Geld mit vollen Händen ausgegeben. Zu der Zeit, als Bonafe Kontakt zu ihm aufgenommen hat, war er nicht mehr allzu vermögend, auch wenn er nach außen hin noch einen exorbitanten Lebensstil geführt hat; ohne Bonafe hätte es nicht mehr lange gedauert und Raschmüllers Imperium wäre zusammengestürzt."

„Ja und wie kommt Feige ins Spiel?", frage ich.

„Ganz einfach, auch das war seitens Bonafes von Anfang an geplant. Die Mafia braucht Kontakte zu ehrenwerten Geschäftsleuten, das heißt zu welchen, die in der Öffentlichkeit dieses Image haben, damit sie diese als Strohmänner für ihre Geschäfte einspannen können, manchmal mit deren Wissen, manchmal ohne. Viele von den sogenannten ehrenwerten Geschäftsleuten sind aber gerne bereit mitzumischen, wenn die Summe, die sie dabei verdienen, groß genug ist – und glaub mir, Emi, die Mafia zahlt gut, aber bevor Du auf dumme Gedanken kommst, sag ich Dir gleich, der Preis, den Du selbst zahlst, ist höher: Du verkaufst Dich mit Haut, Haar und Seele, Du gehörst dann der Mafia."

Ein kurzes, hartes Lächeln, umspielt Pavels Lippen, als er das sagt.

„Ja und was ist nun mit Feige?", frage ich weiter.....für einen kurzen Moment kam es mir vor, als wäre Pavel ganz weit weg mit seinen Gedanken. Abrupt schaut er mich dann aber an und ist wieder mitten im Thema: „Feige und Raschmüller kennen sich schon seit sehr vielen Jahren. Feige ist,....war im Immobiliengeschäft tätig, ein bevorzugtes Spielfeld der Mafia in Sachen Geldwäsche. Außerdem hatte Feige sich über Jahrzehnte erstklassige Kontakte hier auf der Insel, sowohl in der Politik wie auch in der Verwaltung, aufgebaut, die Leute mochten ihn und haben ihm vertraut. Das zusammen hat ihn für Bonafe und seine Leute hochinteressant gemacht. Auf Direktem Weg wäre Bonafe nie an Feige herangekommen. Feige hat immer sehr darauf geachtet, mit wem er es zu tun hat. Für ihn war nicht nur wichtig, was hast Du, viel bedeutender war für ihn, wer bist Du. Bonafe hätte nie alleine einen Kontakt zu Feige aufbauen können, geschweige denn gemeinsam mit ihm Geschäfte machen können. Nein,....dafür brauchte er Raschmüller als Mittler, Raschmüller, dem Feige vertraute. Ja und irgendwie hat sich Feige, nachdem Raschmüller die beiden bekannt gemacht hatte, dann immer weiter in dem Bonafe'schen Spinnennetz verstrickt. Das mündete dann schließlich in das Megageschäft Urbanización el Paraíso. Feige hat die richtigen Leute, die er über Jahre kannte, geschmiert, damit die eine Baugenehmigung eines riesigen Bauprojektes im Naturschutzgebiet durchsetzen.

Die Grundstücke dafür hatte sich die Mafia bereits viele Jahre zuvor günstig gesichert.

Der Plan ist.....die Mafia verdient enorme Summen an den plötzlich im Wert explodierenden Grundstücken, wäscht gigantische Gelder im Rahmen der Baumaßnahmen; und natürlich verdienen auch Raschmüller und Feige mehr als gut an der Sache."

„Aber", sprudelt es aus mir heraus, „warum haben die Feige denn dann umgebracht?"

Pavel zuckt sichtlich zusammen, seine Augen werden zu Schlitzen und ich sehe eine Härte in ihnen, die mich frieren lässt.......er ist eben ein knallharter Bulle, erkenne ich.

„Wie kommst Du denn auf die Idee, dass Raschmüller oder Bonafe Feige umgebracht haben?" fragt Pavel ganz ruhig.

Endlich kann ich mir alles von der Seele reden, kann ich mein Herz ausschütten. Ich erzähle Pavel von dem Gespräch zwischen Feige und Raschmüller, das ich belauscht habe, von der Party bei Bonafe, wo ich den bewegungslosen Körper von Feige gefunden und später erfahren habe, dass Feige zu diesem Zeitpunkt bereits tot war. Ich erzähle von den beiden Typen, die mich fast erwischt hätten, dass ich mich aber noch in letzter Sekunde im Schrank verstecken konnte und von dort beobachtet habe, wie die Leiche von Feige weggetragen wurde.

Mit völlig unbewegtem Gesicht hört Pavel mir zu. Klar, der Mann ist Profi. Ich glaube, ich habe ihn tief beeindruckt. Na, freu ich mich, so eine kleine Heldin wie mich, lernt der auch nicht jeden Tag kennen.....mmmhhh......wenn ich mir das so überlege,...eigentlich passen wir ganz gut zusammen, er als knallharter Undercover-Bulle und ich die, wenn auch nur als Hobby, aber doch schon eine recht gute Ermittlerin.

Meine Augen leuchten ihn an. Von ihm kommt leider noch immer keine Reaktion. Na dann setz ich eben noch einen drauf, beschließe ich, und berichte ihm von meinem Verdacht gegen Jonathan, den ich für korrupt halte. Ich berichte Pavel davon, dass Jonathan mir dringend abgeraten hat, zur Polizei zu gehen. Ich erzähle von dem merkwürdigen Treffen auf der einsamen Landstraße, als ich zu Fuß von Bonafes Anwesen nach Puigpunient unterwegs war; und ich verschweige auch nicht, dass Jonathan meiner Meinung nach über außerordentlich viel Geld verfügt. Endlich..... Pavel lächelt, ...na konnte ich Dich doch noch beeindrucken, hätte mich auch gewundert, wenn nicht, ich mache mein berühmtes Schmoll-mündchen und schmachte weiter ein wenig in Richtung Pavel.

Plötzlich kommt mir wieder in Erinnerung, dass Pavel doch denkt, ich wäre Raschmüllers Töchterchen.

„Sag mal", frage ich Pavel, „wann hast Du denn eigentlich gemerkt, dass ich nicht die millionenschwere Tochter von Raschmüller bin?"

Pavel schaut mir tief in die Augen, nimmt eine lange Haarsträhne, die der Wind mir ins Gesicht geweht hat, zwischen seine Finger, spielt einen Moment damit und sagt dann ganz weich: „Cariño, Du bist so ein schlaues Mädchen und manchmal doch so naiv......", Frechheit denke ich........, „natürlich", fährt Pavel fort, „hab ich das keine Sekunde geglaubt, erstens kenne ich als verdeckter Ermittler die Biografie von Raschmüller, er hat keine Kinder; und außerdem hättest Du sehen sollen, wie erschrocken und aufgeregt Dein Freund und Du dagestanden habt, Ihr hättet Euch ja am liebsten ins nächste Mauseloch verkrochen, als ich Euch auf der Yacht beim, sagen wir mal, Erkunden, erwischt habe. Da hab ich halt mitgespielt und Dir Deine kleine Geschichte abgekauft."

Oh, wie peinlich ist das denn, und ich kam mir so souverän als Millionärstöchterchen vor. Gut, dass Pavel im Dunkeln nicht sieht, wie ich rot werde....

„Na, und wo wir schon bei den Enthüllungsgeschichten sind, Deine kleine Flucht von der Toilette in Feiges Büro fand ich sehr charmant."

Oh nee, auch das noch, was soll er denn nun von mir denken? Ich stehe da wie eine Idiotin. Von wegen das blonde Gegenstück von Lara Croft, als das ich mich gerne sehe; Pavel hält mich nun eher für ein dussliges Blondchen.

Noch immer mit meiner Haarsträhne spielend kommt er immer näher...und noch ein Stückchen näher...ich schließe meine Augen....und....und.....ich warte......juchuu, kein Vogel kackt auf meinen Kopf, ich fall auch nicht von der Mauer und Pavel sagt nicht erstaunt, hast Du was im Auge........nein, er küsst mich. Wie schön kann Liebe sein....und im Hintergrund spielen die Wellen das Lied....

("So Nah!" von Gil Ofarim)

Das ist unser Tanz
Die Welt um uns versinkt
Musik im Saal erklingt
Nur noch für zwei

So nah wir beide
Das fühl' ich nur mit Dir
So wahr im Jetzt und Hier

...
So nah, am Ziel schon
Am großen Happy End
So klar, spür'n wir schon
Das uns nichts mehr trennt
Wir können noch nicht Glauben
Wie leicht es für uns war
So weit sind wir bereits
Ziemlich nah

...

Wir möchten noch dran glauben
Wie leicht es für uns wär
So nah, so nah und
Doch so fern

Ich öffne die Augen und kehre langsam zurück in diese Welt. Unsere Blicke verlieren sich ineinander.....langsam fängt auch mein Gehirn wieder an zu arbeiten....warum ist Pavel mir eigentlich hinter hergefahren......

„Sag mal", flüstere ich, „warum bist Du mir nachgefahren; und woher weißt Du, wo ich wohne, und......warum deckst Du mir gegenüber Deine wahre Identität auf....warum....?"

Pavel packt mich fest an beiden Schultern...... „Emi, Du bist in großer Gefahr.......Raschmüller hat das hier gefunden......" Pavel greift in seine Tasche.....und zeigt mir seinen Ausweis.........warum ist denn mein Bild auf seinem Ausweis........arrrrrggggg.....scheiße, das ist MEIN Ausweis!!!! Wie kommt Pavel, das heißt wie kommt Raschmüller da dran? Meine Gedanken rasen, „woher hast Du den", frage ich.....

„Der lag im Flur von Raschmüllers Haus."

Madre mía, der muss mir aus der Tasche gefallen sein, als ich nach meinem Schlüsselbund, das heißt als ich nach der kleinen Taschenlampe, die an meinem Schlüsselbund hängt, auf dem dunklen Flur gesucht habe.

„Tja Emi und ich nehme an, dass Du gehört hast, dass ein paar Themen besprochen wurden, die nicht für anderer Leute Ohren bestimmt waren; und vielleicht hast Du auch ein paar Leute gesehen, die Du nicht hät-

173

test sehen sollen. Von dem Rest, den Du mir gerade noch gebeichtet hast, weiß Raschmüller nichts. Aber was er weiß, reicht, er hat den Auftrag erteilt, Dich aus dem Weg zu räumen."

„AUS DEM WEG RÄUMEN? MICH? Wer soll das denn machen, Du.....?"

„Emi, beruhig Dich. Pass auf. Dir wird nichts passieren. Allerdings möchte ich Dich bitten, uns ein bisschen behilflich zu sein. Aber hör zu, Emi, ich muss Dich das jetzt ganz offiziell fragen, wenn Du aber nicht mitspielen willst, dann sagst Du es, dann bist Du raus aus der Sache, ist das klar?"

„Jetzt mach's nicht so spannend Pavel, sag schon, was soll ich machen?"

Pavel schaut mich eine ganze Weile an – ein Königreich, wenn ich wüsste, was in seinem Kopf vorgeht.

Dann beginnt er zu sprechen: „Wir haben genug Belastungsmaterial gegen Bonafe und Raschmüller, ein Zugriff war ohnehin geplant, nur der Zeitpunkt stand noch nicht fest. Ok. Du hast durch Deinen kleinen Ausflug heute Nacht alles etwas durcheinander gebracht. Der Zugriff ist für morgen geplant."

„Was morgen schon, frage ich ganz aufgeregt? Und welche Rolle spiele ich dabei?"

„Nicht so schnell, Emi", bremst Pavel mich.

„Raschmüller hat mit Bonafe gesprochen, nachdem er Deinen Ausweis gefunden hat und ihm klar war, dass Du keine neugierige Touristin bist, die mit ein paar Freunden in Alkohollaune etwas über die Stränge geschlagen hat, sondern dass Du unter Umständen eine gefährliche Zeugin bist. Den beiden ist es völlig rätselhaft, warum Du Dich in Raschmüllers Haus geschlichen hast und wie Du da überhaupt hineingekommen bist. Das ist ein großes Problem für die beiden. Das zweite Problem bist Du selbst. Du bist potentiell gefährlich. Du musst so schnell wie möglich verschwinden. Und wie Du verschwindest, haben die beiden bereits geplant."

Ich reiße erschrocken die Augen auf und kaue nervös auf meiner Unterlippe.

„Morgen wird eine Frau bei Euch im Büro anrufen, die Mr. Jones erzählen wird, dass sie und ihr Gatte sich von ein paar Immobilien trennen wollen; und die Vermarktung soll euer Büro übernehmen. Zu diesem Zweck sollen Exposés angefertigt werden. Die Frau wird Mr. Jones bitten, dass Du die Fotos und die späteren Exposés machen sollst, weil Du ihr empfohlen wurdest."

„Versteht sich von selbst, dass die Dame unter falscher Identität anruft. Ihr werdet Euch spät nachmittags treffen und Euch gemeinsam zwei Immobilien in Palma ansehen. Anschließend wird sie Dir eine Adresse geben, von einem Anwesen, bei dem es sich angeblich um das Privathaus von ihr und ihrem Mann handelt. Das Anwesen liegt etwas abseits in der Nähe von Deia. Tatsächlich gehört es einer der zahlreichen Strohfirmen von Bonafes Netzwerk. Sie wird Dich bitten, eine Einladung am gleichen Abend anzunehmen, weil sie gerne mit Dir die Einzelheiten des Verkaufs der beiden besichtigten Immobilien besprechen möchte. Du wirst die Einladung annehmen, da es sich für Eure Firma um ein sehr gutes Geschäft handelt. Wenn Du am Anwesen eintreffen wirst, wird es bereits dunkel sein. Ein Hausmädchen wird Dir öffnen, Du wirst in den Salon gebeten werden, die vermeintliche Hausdame wird Dich dort aber nicht erwarten. Bonafe und Raschmüller werden Dich an ihrer

175

Stelle empfangen, um Dir ein paar Fragen zu stellen. Sie werden wissen wollen, warum Du in Raschmüllers Haus warst und ob Du im Auftrag eines Dritten handelst. Sie werden sichergehen wollen, dass Du vor Deinem Ableben preisgibst, wer Deine eventuellen Auftraggeber oder Mitwisser sind. Den Rest wird dann ein Mitarbeiter von Bonafe regeln."

„Den Rest", sage ich ganz kleinlaut...... „Du meinst den Mord an mir?"

Pavel schaut mich aus seinen unergründlichen Augen an. Dann fährt er fort: „So weit wird es natürlich nicht kommen."

„Und wie willst Du das verhindern?"

„Wenn, und ich betone wenn, Emi, Du Dich entscheidest, bei der Sache überhaupt mitzuspielen, wirst Du einen GPS Sender und ein Mikro an Deinem Körper tragen..."

„Ganz klassisch wie im Tatort...", unterbreche ich ihn.

Pavel antwortet etwas gereizt, „wenn Du so willst, ja. Was ich Dir aber sagen will,....wir wissen jede Sekunde, wo Du bist, und wir stehen über das Mikro in ständigem Kontakt mit Dir. Unsere Jungs sind immer in Deiner Nähe und werden jederzeit eingreifen können. Ich garantiere Dir eine maximale Sicherheit. Aber natürlich habe ich, haben wir, volles Verständnis dafür, wenn Du nicht mitspielen willst. Wenn Du mitspielst, muss ich mich aber darauf verlassen können, dass Du schweigst. Du darfst mit niemandem über die Aktion sprechen."

„Hast Du bereits irgendjemanden eingeweiht in Deine Beobachtungen? Wer außer Dir weiß von den Ereignissen auf Bonafes Party?"

„Niemand weiß davon."

„Was ist mit Deiner Freundin, dieser Lidia?"

„Lidia weiß nichts", versichere ich ihm. „Ich hab Dir doch erzählt, dass ich vermute, dass ihr Freund Jonathan irgendwelche Dinger dreht, vielleicht sogar in Bonafes Geschäfte verstrickt ist. Denk an den Abend, als ich nach Bonafes Party zu Fuß nach Puigpunient unterwegs war und er mich auf der Straße zwischen dem Bonafe'schen Anwesen und Puigpunient aufgelesen hat. Er kann nur von der Villa gekommen sein. Was soll er da gemacht haben? Eine zufällige Spazierfahrt?"

„Du hast also mit niemandem über den Tod von Feige gesprochen?"

„Nein, sage ich doch."

„Gut."

„Nein, nicht gut. Du hast noch nicht gesagt, wie ich heil aus der Sache rauskomme, wenn ich mit mache."

„Pass auf", fährt Pavel wieder ganz konzentriert fort. „Nachdem wir so viel wie möglich Informationen mithören konnten bei Deiner Verhörung, werden wir zum geeigneten Zeitpunkt zugreifen."

„Wann ist denn der geeignete Zeitpunkt? Und wie greift Ihr zu?"

„Emi, wir machen das nicht zum ersten Mal. Wir sind eine Spezialeinheit, unsere Jungs haben die bestmögliche Ausbildung. Jeder Einzelne ist ein Vollprofi. Wir werden entscheiden, wann der richtige Zeitpunkt ist."

„Ja und wie macht Ihr das dann, à la Rambo?"

„Emi", ruft Pavel mich zur Ordnung, „ich sagte Dir gerade, wir sind die Profis, es ist eher schädlich, wenn Du zu viel Infos hast. Verlass Dich drauf, Du bist keine

Sekunde in Gefahr. Aber....wie gesagt, ich verstehe natürlich, wenn Du als Frau Angst hast, ich meine...."

Was soll denn das heißen, wenn ich als Frau Angst habe, denke ich sauer...

„Also wie gesagt, wenn Dir das über den Kopf wächst, dann mach ruhig einen Rückzieher, jeder versteht das..."

„Ich bin dabei."

„Wow, Emi, du bist verdammt taff. Ich bin beeindruckt", sagt Pavel, und in seiner Stimme meine ich Respekt zu hören.

Na und ich erst, denke ich etwas erschrocken über meine rasche Zustimmung. Aber jetzt kneifen, nee das geht nicht. Wie steh ich denn dann da? Was man macht, macht man janz.......hab ich schließlich schon als Kind gelernt. Ja, ...ich denke schon, mir kann nichts passieren. Außerdem, welche Alternative habe ich denn, untertauchen, bis die die Kerle hops genommen haben? Ne, ich bin lieber aktiv, als dass ich still verharre.

DREIUNDZWANZIG

D-Day. Mein großer Tag.

Die ganze Nacht habe ich kein Auge zugetan. Immer und immer wieder bin ich den Ablauf des heutigen Tages durchgegangen. Um 10 Uhr bin ich mit Pavel im Porto Pi, einem großen Einkaufscenter in Palma, verabredet. Wir werden dann ganz konspirativ eine etwas abgelegene öffentliche Toilette aufsuchen, und Pavel wird mich verkabeln. Ich bekomme also meinen Sender und mein Mikro, so hat Pavel mich gestern Abend noch instruiert. Also von wegen wie im Tatort die Provinzbullen, ne, das ist schon eine Nummer größer – könnte man glatt als James Bond verfilmen. Guten Tag, mein Name ist van Steen. Emilie-Luise van Steen.

Schluss mit dem Quatsch. Also noch mal den Rest durchgehen. Nachdem ich verkabelt bin, werde ich ganz normal wie immer ins Büro gehen und warten, dass Lackschühchen mir mitteilt, das ich mir zwei Villen am Nachmittag ansehen und Fotos für die späteren Exposés machen soll. Hm, Lara und Monique werden Augen machen, dass ich auf Empfehlung den Job übernehmen soll. Eigentlich ist Monique ja unsere Starfotografin und Akquisiteurin.

Wie auch immer, dann geht's los. Mit unserem kleinen Firmenwagen werde ich zum Treffpunkt nach Palma fahren und meinen Job machen, Fotos usw. Anschließend trinke ich noch einen Kaffee, zurück in die WG zu fahren, wird zu knapp, außerdem zu gefährlich. Womöglich ist David zu Hause, bekommt mal wieder seine albernen fünf Minuten, kitzelt mich durch und findet mein Agenten-Equipment und alles fliegt auf. Bloß nicht. Also, ich trink ´nen Kaffee, bis es Zeit wird, mich auf nach Deia zu machen, um dort pünktlich zu meinem Rendezvous mit meinen Mördern zu erscheinen. Ich kann mir ein kleines Grinsen nicht verkneifen. Man, wie sich das anhört. Unglaublich. Wenn das David und Lidia wüssten. Schade, ich kann ihnen nichts erzählen. Die beiden sitzen mit mir am Frühstückstisch und quatschen fröhlich, ohne zu ahnen, wer hier mit ihnen frühstückt. Van Steen. Emilie-Luise van Steen. Na ja, umso toller wird es, wenn die Aktion erst mal vorbei ist und ich den beiden detailliert von meinen Heldentaten berichten kann.

Mensch, da fällt mir gerade ein, was wird denn aus Jonathan, Pavel hat dazu gestern gar nichts gesagt. Steht er nun schon im Fadenkreuz der Ermittlungen? Oh je, womöglich wird er auch verhaftet. Oh, das wird schlimm für die arme Lidia. Sie ahnt doch nichts; und ich glaub, sie ist schon schwer verliebt, auch wenn sie immer etwas die Coole mimt. Na, David und ich werden Sie schon trösten.

So, weiter im Text. Ich fahre also nach Deia. Wenn ich dort angekommen, von dem Hausmädchen in den Salon des Anwesens geführt werde, kann ich meine schauspielerischen Qualitäten spielen lassen. Bonafe und Raschmüller müssen mir natürlich abkaufen, dass ich sehr überrascht bin, sie dort anzutreffen; und zudem muss ich überzeugend eine völlig panische Emi abliefern, von der die beiden unter Androhung von Gewalt wissen wollen, wie sie in Raschmüllers Haus gekommen ist, was sie dort zu suchen hatte, was sie gehört hat, mit wem sie darüber gesprochen hat und wer ihre Auftraggeber sind. Ich habe mit Pavel besprochen, dass ich einfach die Wahrheit sage, dann komm ich nicht durcheinander, und das Ganze bleibt glaubwürdig. Nur was Pavel angeht, darf ich mich nicht verquatschen. Die beiden dürfen nicht erfahren, dass wir uns kennen, dann wäre das Spiel sofort aus. Die würden ganz schnell merken, dass Pavel nicht der ist, für den sie ihn halten, dass er viel mehr ein doppeltes Spiel spielt. Die Sache würde wahrscheinlich aus dem Ruder laufen und ein geordneter Zugriff wäre nicht mehr möglich. Also, aufpassen Emi und nicht verquatschen.

In dem Moment, in dem die Jungs von Pavel genug Infos aus dem Gespräch entnehmen konnten oder aber es zu gefährlich für mich wird, greift die Sondereinheit ein. Wie das im Einzelnen abläuft, hat Pavel mir nicht gesagt, aber ich hab genug Phantasie, um mir das vorstellen zu können. Die Türen werden eingetreten und dann steht dort plötzlich eine kleine Armee mit von bis unter die Zähne bewaffneten Elitesoldaten. Die Bösen werden verhaftet und ich werde von Pavel gerettet...

„Soll ich Dir auch noch ´nen Latte machen....?“

„Was? ....Äm, Latte, ne, danke.“

„Na Emi, bist Du wieder am Träumen, von irgendwelchen wilden Verbrecherjagden oder mysteriösen Fällen, die ohne Dich nie aufgeklärt würden“, spöttelt David, während er für Lidia noch einen Espresso macht.

„Unsere Emi,.....mit Deiner Phantasie solltest Du mal ´nen Drehbuch schreiben“, stimmt Lidia zu.

Spöttelt nur – wenn Ihr beiden wüsstet......

Drei Stunden später sitze ich verkabelt an meinem sonnigen Schreibtisch im Verkaufsoffice von Feige & Partner. Eigentlich ist es ein Tag wie jeder. Monique und Lara sind heftig mit irgendwelchen Kunden am Telefonieren und Lackschühchen sitzt mit einem älteren Pärchen im Verkaufsgespräch und lobt wie üblich jedes Wort, das die beiden von sich geben.

„Perfekt, wunderbar Madam, sie haben wirklich einen ganz hervorragenden Geschmack. Das ist tatsächlich ein Objekt aus unserem Schatzkästchen. Und was die meisten Leute ja immer vergessen, der Bäcker ist auch ganz in der Nähe, gleich um die Ecke, nur ein paar Schritte muss der Gatte morgens zu Fuß gehen und schon sind die frischen Brötchen auf dem Tisch."

Klar, denke ich, der Bäcker ist das Wichtigste, wenn ich mir eine Immobilie für ein paar Mio auf Mallorca kaufe. Aber tatsächlich, Madam, ca. um die sechzig, Typ biedere, etwas füllige Trutsche aus der Kleinstadt, aber richtig aufgepeppt mit Strass (vermutlich echte Swarowskys) besetztem Cappi und ornamentreichem, farbenfrohem Versace-Hosenanzug, leider etwas zu eng, warum schneidert Versace auch nur in der gefühlten Größe XS,......ok, ich hör auf, bevor meine Teufelshörnchen wieder wachsen, also Frau Kohstall, wie Madam heißt, steigt erstmal voll auf das Bäckerthema ein. Während Frau Kohstall und Lackschühchen nun ausgiebig deutsche und spanische Brötchen ausdiskutieren, und Frau Kohstall ausführlich von der fabelhaften Bäckerei zu Haus in ihrer Kleinstadt berichtet, entgleisen dem sehr dürren, fast ausgemergelten Herrn Kohstall vor Langeweile immer mehr die ohnehin schon eine deutliche Abwärtstendenz aufweisenden Gesichtszüge. Aber er scheint den Redefluss seiner Gattin zu kennen, geduldig verharrt er auf seinem Stuhl, während Frau Kohstall zunehmend in Fahrt gerät. Es ist ja auch herrlich, wenn einem der Gesprächspartner das Gefühl vermittelt, man bewege mit seiner Redekunst die Massen, auch wenn es tatsächlich nur zwei Zuhörer gibt, und beeinflusse durch die epochale Bedeutung seines Geschwätzes den Verlauf der Geschichte. Und das muss man Lackschühchen lassen, in dieser Disziplin ist er ein Meister. Ich schätze mal, die Kohstalls kaufen die Immobilie.

Während ich Mimik, Gestik und Stimmlage von Lackschühchen studiere, klingelt das Telefon auf seinem Schreibtisch nebenan. Leider lässt er sich davon überhaupt nicht stören. Oh Mann, geh doch dran, das könnte doch meine Auftraggeberin sein.

Es klingelt und klingelt. Keiner kümmert sich darum.

„Hey Monique, geh doch mal an den Apparat von Mr. Jones", wende ich mich an Monique, die gerade ihr Telefonat beendet hat.

Tatsächlich steht sie auf und geht barfuß zum Schreibtisch von Lackschühchen. Unter ihrem Tisch steht ein herrliches Paar schwindelerregend hoher Louboutins, die ich an der unverkennbaren roten Sohle identifiziere. Fünfhundert-Euro-Schuhe! Na ja, aber ich schätze mal ein Begleiter fürs Leben, ich seh Moniques Schuhe immer nur unter dem Tisch oder auf dem Beifahrersitz im Auto liegen. Das spart, die halten ewig.

Moniques Hand greift gerade zum Hörer, da hört es auf zu klingeln. Schulterzuckend kommt sie wieder auf mich zu.

Ring, ring ,.... erneut schrillt Lackschühchens Telefon los. Monique ist unglaublich fix........ „Guten Tag, Verkaufsbüro Feige und Partner, Monique am Apparat, was kann ich für Sie tun......"

„Ah,.....ja natürlich, das machen wir........heute, nein kein Problem..... Nein, ich habe heute Nachmittag Zeit......wer? ......Mhm....ja, selbstverständlich...und wo.....mh......ja danke, auf Wiederhören."

Monique geht wieder zu ihrem Tisch und wirft mir einen langen, skeptischen Blick zu, bevor sie mich fragt: „Kennst Du eine Señora Vidal?"

„Ne, nie gehört", sage ich ganz lässig, während ich innerlich frohlocke.

„Du sollst Dir heute Nachmittag zwei Immobilien ansehen und Fotos machen. Die Frau hat nach Dir verlangt, weil Dich angeblich jemand empfohlen hat, kannst Du Dir das vorstellen?"

Ohhh, Monique! .....schnaube ich innerlich.....und äffe sie ohne ein lautes Wort zu sagen nach.......Kannst Du Dir das vorstellen? ....Blöde Ziege.

„Ich sprech erstmal mit Mr. Jones, das ist meine Aufgabe, Kundenakquise und Bestandsaufnahmen. Du hast doch gar keine Erfahrung......Mr. Jones, kann ich sie mal kurz sprechen....?" Mr. Jones hat gerade die Familie Kohstall verabschiedet und zur Tür hofiert und kommt jetzt auf uns zu.

„Na was gibt's, Moniquchen?", will er gut gelaunt wissen.

„Als Sie im Kundengespräch waren, hat das Telefon auf Ihrem Schreibtisch geklingelt und ich bin dran gegangen...."

„Ja hab ich gesehen, wer war's denn?"

„Eine Señora Vidal. Sie hat zwei Immobilien in Palma, die wir für sie verkaufen sollen; und gleich heute Nachmittag soll eine Bestandsaufnahme gemacht werden."

„Na ist doch super", sagt Lackschühchen, während er ein neues Kaugummi auswickelt und sich in den Mund steckt.

„Klar ist das super, aber die Dame will, dass Emilie den Termin wahrnimmt."

„Emilie?" Lackschühchen hört auf zu kauen und starrt mich ungläubig an.

Seid Ihr denn hier alle bescheuert, denke ich. Laut sage ich.... „Ich bin immerhin studierte Immobilienwirtin und habe einige Jahre Berufserfahrung, eine Bestandsaufnahme und ein Kundenerstkontakt sind für mich wohl kaum ein Problem."

Lackschühchen nickt, greift sich in seine Mähne und streicht sie aus dem Gesicht. „Pass auf, Emi, in einem Monat machst Du Deine eigenen Bestandsaufnahmen, heute geht Monique zum Termin."

Mein Herzschlag setzt aus. Das darf doch bitte nicht wahr sein. Alles soll platzen. Ich hab mich heute Morgen auf der Toilette von Pavel fix und fertig verkabeln lassen, was nebenbei gesagt alles andere als amourös war, der Kerl hat mich mit Sender und Mikro zugepflastert als wär ich eine Schaufensterpuppe, trotz unerotischer Umgebung hatte ich mir das ja etwas anders vorgestellt, was soll's, Schnaps ist Schnaps und Arbeit ist Arbeit. Aber den Termin musssss ich unbedingt heute machen. Schließlich ist alles geplant, arrangiert, die Jungs von der Sondereinheit stehen Gewehr bei Fuß und ich hab die ganze Nacht vor Aufregung nicht geschlafen..... „Mr. Jones, bitte denken sie daran, dass die Dame ausdrücklich nach mir gefragt hat", erinnere ich ihn. „Sie wird schön sauer sein, wenn wir ihrer Bitte nicht nachkommen. Schließlich bin ich ihr empfohlen worden."

„Von wem denn?" fragt Monique äußerst despektierlich.

Lackschühchen kratzt sich an der Stirn und kaut energisch auf seinem Kaugummi.

Bitte, bitte schick mich zu dem Termin flehe ich innerlich und versuche ihn mit meinem Blick zu zwingen, während Monique sich in Kampfpose geschmissen hat und mit vor der Brust verschränkten Armen Lackschühchen ebenso eindringlich ansieht wie ich ihn.

Stille. Lackschühchen überlegt und sagt schließlich: „Emilie hat nicht ganz Unrecht, wenn die Dame nach ihr verlangt hat, dann geht sie auch. Du hast natürlich viel mehr Erfahrung, Monique, aber bei Feige & Partner ist der Kunde König. Señora Vidal will Emi, dann bekommt sie auch Emi."

„Mr. Jones....."

„Nein, Monique, das Thema ist durch. Emi nimmt den Firmenwagen und fährt nachher nach Palma", entscheidet Lackschühchen. Und so sitze ich zwei Stunden später im Auto und bring mich bei dröhnenden Boxen mit „Survivor" und „The Eye of the Tiger" in Kampfstimmung....

Rising up, back on the street
Did my time, took my chances
Went the distance, now I'm back on my feet
Just a man (woman) and his (her) will to survive

...

It's the eye of the tiger
It's the thrill of the fight

...

Pünktlich erreiche ich die Plaza de la Reina in der Altstadt von Palma und halte unterhalb des Cafés Macchiato Palau March. Frau Vidal wartet bereits auf mich; wie telefonisch bei Monique avisiert, fährt sie einen anthrazitfarbenen Cayenne. Sie ist ca. fünfzig Jahre alt, groß, schlank, blond gesträhnte Haare bis auf die Schultern. Sie wirkt in ihrem lässigen beigen Hosenanzug sehr elegant. Ich steige aus und gehe auf sie zu. An dem auffälligen Firmenemblem meines Wagens erkennt sie mich natürlich sofort und streckt mir ihre Hand entgegen, um mich mit einem für eine Frau ungewöhnlich festen Handschlag zu begrüßen.

„Frau van Steen, wunderbar, schön Sie kennenzulernen, ich bin Señora Vidal."

Sehr charmant die Frau, finde ich.

„Guten Tag Frau Vidal, ich freue mich auch, Sie kennen zu lernen."

„Wenn sie mögen, fahren wir direkt los, beide Objekte befinden sich in El Terreno, es gibt dort einen kleinen, recht zentral gelegenen Parkplatz, dort stellen wir unsere Autos ab und können von dort wunderbar beide Objekte zu Fuß erreichen."

„Perfekt, das machen wir so", stimme ich zu. „Sie fahren vor und ich folge Ihnen."

„Gerne, dann mal los."

El Terreno ist ein am Fuße des Schlosses Bellver ge-
legenes Stadtviertel. Neben hässlichen Neubauten,
teilweise auch Hochhäusern aus den siebziger Jahren,
findet man dort auch einige sehr schöne, kleinere Villen
im Kolonialstil, die zumeist Anfang des letzten Jahrhunderts gebaut wurden. El Terreno war zu Beginn des
letzten Jahrhunderts Wochenend- und Feriendomizil
der Oberschicht von Palma. Es zeichnete sich neben der
Villenbebauung durch kleine verwunschene Gassen und
wunderschöne Gärten aus. In den zwanziger Jahren
avancierte El Terreno zum Künstler- und Bohème-
Viertel. In späteren Jahrzehnten, mit zunehmender
Bebauung, verlor El Terreno an Attraktivität. Heute
gehört es zu den aufstrebenden Wohnvierteln Palmas,
nahezu alle der noch erhaltenen Villen sind liebevoll
saniert und werden mit Preisen von mehreren Millionen
Euro gehandelt.

Nach kurzer Autofahrt den Paseo Maritimo Richtung
Porto Pi entlang biegen wir rechts ab, dann ein paar Mal
wieder rechts und links, fahren durch sehr enge Gassen
und finden schließlich zwei freie Parkplätze auf einem
kleinen Insiderparkplatz, zum Glück, denn die Parksitua-
tion ist in diesem Stadtviertel alles andere als komforta-
bel. Wir sehen uns zuerst eine Villa an, die einmal einer
bedeutenden deutsch, spanischen Adels- und Industriel-
lenfamilie gehört hat. Das Anwesen verbirgt sich hinter
einer drei Meter hohen, weiß verputzten Mauer. Wir
durchschreiten ein ebenso hohes, elektrisch angetriebenes Eingangstor, welches sich geradezu majestätisch
vor uns öffnet und den Blick auf eine geschwungene,
leicht ansteigende, palmengesäumte Auffahrt zu einer
weiß gestrichenen dreigeschossigen Villa im Kolonialstil

freigibt. Die Belle Etage, also die Repräsentationsräume, liegen im ersten Obergeschoss und sind über eine wunderschöne, geschwungene, außen liegende Treppe zu erreichen. Das Beste an der Villa ist jedoch eine Dachterrasse, von der aus man einen atemberaubenden Blick auf das Meer, den Hafen, die Yachten und Kreuzfahrtschiffe bis hinüber zur anderen Seite der Bucht von Palma auf die Kathedrale hat. Phantastisch, denke ich, als ich mit Frau Vidal dort stehe und die Aussicht und die leichte Brise vom Meer genieße. Professionell mache ich alle notwendigen Fotos und dann gehen wir zu Fuß zu der nur zwei Straßen entfernt liegenden zweiten Villa, die ganz anders in ihrer Art ist, aber nicht weniger attraktiv. Auch dieses Anwesen verbirgt sich hinter einer Mauer. Diese ist nicht so hoch und nicht so repräsentativ wie die der ehemaligen Adelsvilla, sie ist aus Naturstein und völlig mit wild rankenden rosa, lila und roten Bourgainvilleas umwuchert. Durch ein kunstvoll verziertes, schmiedeeisernes Gartentor betreten wir ein üppig bepflanztes Grundstück. In einigem Abstand vor uns liegt ein zweigeschossiges mit Natursteinen verkleidetes Haus. An allen Fenstern befinden sich Fensterläden und auf dem flachgeneigten Walmdach ist ein kleiner Aussichtsturm, der ein bisschen wie ein Leuchtturm aussieht. Wir betreten das Haus – und ich bin gefesselt von dem völlig unerwarteten Blick, der sich mir bietet. Ich stehe in einem hübschen Entre, vor mir eine geöffnete Tür zu einem großen Wohnraum, der wiederum eine riesige fast raumhohe, doppelflügelige Glastür besitzt, die auf eine Veranda hinausführt. Diese Glastür gibt den Blick frei, direkt auf das türkisfarbene Meer. Einfach spektakulär. Die anderen Räume sind kleiner als in der zuerst besichtigten Villa, aber sehr gemütlich und fast alle haben einen alten, gemauerten, offenen Kamin.

Das Besondere an dem Haus ist aber, dass man über eine sehr enge Wendeltreppe in einen Keller gelangt, der aussieht wie ein uraltes Verlies. Von diesem Keller aus führt ein unterirdischer Gang zum nahe gelegenen Schloss Bellver in die eine Richtung und in die andere Richtung zum Meer, dort gibt es dann, wie Frau Vidal mir erläutert, irgendwo am Paseo Maritimo, einen Ausgang. Der Gang diente in vergangenen Zeiten den spanischen Königen als Geheim- oder auch Fluchtweg. Heute ist er komplett elektrisch beleuchtet, detailliert von der Denkmalpflege vermessen, fotografiert und katalogisiert; und einmal im Jahr dürfen Schulklassen ihn begehen, allerdings ist er an den Grundstücksgrenzen zugemauert worden. Allein der Teil, der sich unterhalb dieses Grundstücks befindet, hat aber immerhin auch schon eine Länge von 80 Metern. Er ist etwas kurvig, mal wird er etwas enger, mal etwas breiter, teilweise sind seine Wände feucht und man sieht einige Eisenanker oder Haken in den Wänden, deren Nutzen ich nicht kenne. Alles in allem finde ich das vielleicht 100 qm große Kellerverlies und den Geheimgang zwar interessant, aber auch recht unheimlich. Ich bin mir nicht ganz sicher, ob ich gerne in einem Haus wohnen würde, unter dem sich so ein "Geheimnis" verbirgt. Auch das Argument des Hausmeisters, der uns aufgeschlossen hat, man könne hier bestimmt ganz tolle Halloween-Partys feiern, überzeugt mich nicht wirklich. Aber ich muss mir bei einem Verkaufspreis von drei Millionen Euro auch keine Gedanken machen, ob ich hier einziehen möchte oder nicht. Auch in dieser Villa mache ich brav meine

Fotos und einige Notizen, dann verlassen wir gemeinsam das Haus, der Hausmeister schließt hinter uns ab, verabschiedet sich; und Frau Vidal und ich stehen alleine in der schmalen Gasse, die mittlerweile in das auf Mallorca so besondere und wie ich finde auch einmalige, milde, liebliche Abendlicht getaucht ist.

Ich sage nichts, verstaue meine Kamera und meinen Notizblock – ja ich mache meine Notizen wirklich noch handschriftlich – in meiner großen Arbeitstasche, während mein Herz so laut schlägt, dass ich denke, Frau Vidal müsste es in der Ruhe der Abenddämmerung, die in dieser Gasse herrscht, hören.

Nach einer Weile räuspert sie sich und stellt mir dann die Frage der Fragen:

„Frau van Steen, wenn Sie Zeit haben, würden mein Mann und ich uns sehr freuen, wenn Sie heute am frühen Abend auf ein Gläschen Wein bei uns vorbeischauen könnten. Wir würden gerne die Einzelheiten des Verkaufs mit Ihnen besprechen. Wie sieht es aus, so gegen sieben Uhr, wir wohnen in der Gegend von Deia, so gegen sieben, wäre Ihnen das recht?"

Ich gebe mich einen Moment ein klein wenig überrascht, stimme dann aber freudig zu und lasse mir von Frau Vidal die genaue Adresse ihres Domizils geben.

„Prima, Frau Vidal, dann sehen wir uns in zwei Stunden. Ich freu mich."

„Ich mich auch, und danke, dass Sie sich so kurzfristig und unkompliziert der Sache widmen."

„Das mach ich sehr gerne", strahle ich.

Zusammen gehen wir die wenigen Schritte zum Parkplatz, steigen in unsere Autos, winken uns zum Abschied, und jede fährt ihres Weges. Mein Weg führt mich zurück in die Innenstadt, und zwar in den Stadtteil Portixsol. Er liegt im Westen von Palma, direkt am Meer. Wunderschöne ehemalige kleine Fischerhäuser reihen sich hier in erster Meereslinie dicht an dicht. Allerdings ist auch hier mit „Fischerhäuschen" nicht mehr viel, auch für diese kleinen Häuschen zahlt man mittlerweile gerne mal ein oder zwei Millionen Euro oder noch mehr. Portixsol ist in den letzten Jahren zu einem richtigen Szeneort avanciert, was vor allem an der Vielzahl kleiner Kneipen und Restaurants, die sich hier angesiedelt haben, liegt. Ich parke mein Auto, setze mich auf die Terrasse eines der vielen Lokale und bestelle mir, wie ich es bereits heute Morgen geplant und beschlossen habe, einen Latte Macchiato.

Es scheint einen plötzlichen Wetterumschwung zu geben. Der Himmel ist mittlerweile mit dunklen Wolken verhangen, und ein heftiger Wind ist aufgekommen. Es wird vermutlich nicht lange dauern, und ein starker Sturm wird das Meer aufpeitschen und die weiße Gischt auf die Uferpromenade fegen.

FÜNFUNDZWANZIG

Nach ca. einer Stunde, in der ich meine zunehmende Nervosität mit Hilfe von professionellen Atemtechniken, versucht habe in den Griff zu bekommen, zahle ich und mache mich auf nach Deia. Mittlerweile ist es dunkel geworden und es stürmt heftig.

Dank meines im Wagen eingebauten GPS finde ich die Villa der Vidals aber problemlos. Sie liegt einsam.

Ich halte kurz am Beginn der mit Pinien gesäumten Auffahrt und schalte den Motor aus. Der Sturm hat sich gelegt. Das fahle Mondlicht verwandelt das verwinkelt gebaute Anwesen in ein gespenstisch anmutendes Szenario aus Dachflächen und Gebäudeteilen, die in einem düsteren Silberton schimmern und auf andere Teile des Anwesens ihre rabenschwarzen Schatten werfen. Der alte Wehrturm zeichnet sich dunkel gegen den Nachthimmel ab. Die Zufahrt ist nicht beleuchtet, und auch das Anwesen selbst wird nur durch ein schwaches Licht, welches sich über der großen Eingangstür befindet, beleuchtet. Ein Licht im Innern des Hauses ist von hier aus nicht zu sehen.

Ich lasse mein Seitenfenster hinunter und höre fast die Stille der Nacht, die nur von gelegentlichen Schreien von Tieren, vielleicht sind es wilde Fasane, durchbrochen wird. Die Luft riecht angenehm, ein bisschen süßlich und ist trotz des Sturmes, der noch vor einer halben Stunde wütete, für diese Jahreszeit mild.

Ich bin überrascht, wie ruhig ich bin in Anbetracht dessen, was mich erwartet. Vor mir in dem düsteren Gebäude wartet der Mann auf mich, der mich heute Nacht töten will.

Ich starte den Motor und fahre die letzten hundert Meter zum Haus. Neben dem Eingangsportal stelle ich meinen Wagen ab, es ist das einzige Fahrzeug, vermutlich stehen die Wagen von Bonafe und Raschmüller hinter dem Haus. Schnell überprüfe ich noch mal, den richtigen Sitz von GPS und Mikro und achte sorgfältig darauf, dass man die unter meiner Bluse an meinem Körper festgeklebten Utensilien nicht sieht.

Ich drücke den Klingelknopf, den ich erst nach längerem Suchen entdecke, so unscheinbar ist er neben der schweren Eingangstür angebracht und halb überwuchert von einem wunderschönen, mir unbekannten Rankgewächs, welches sich an der ganzen vorderen Hausseite ausbreitet und dem Anwesen den Charme eines verwunschenen kleinen Schlösschens verleiht. Alles wirkt so friedlich. Wie trügerisch doch Eindrücke sein können, denke ich und drücke den völlig stummen Klingelknopf ein zweites Mal. Nichts rührt sich, ich überlege, ob ich mich vielleicht doch mit der Adresse vertan habe, als sich langsam die Tür vor mir öffnet. Es hätte mich überhaupt nicht gewundert, wenn mir ein uralter, hellhäutiger Butler in Livree mit glasigem Blick, Triefauge und zwischen den blutlosen Lippen aufblitzenden, etwas zu langen Eckzähnen geöffnet hätte. Vor mir steht allerdings ein junges, sehr sympathisch wirkendes, dunkelhaariges Mädchen mit weißer Schürze. Ich nenne ihr meinen Namen und sie bittet mich freundlich, ihr in das Innere des Schlösschens zu folgen. Auch das Innere des Anwesens eignet sich hervorragend als Kulisse für einen Vampirfilm à la Hollywood.

Nachdem wir die kleine, schwarz-weiß gefliste Eingangshalle durchschritten haben und uns in einen schlecht ausgeleuchteten Flur begeben, bleiben wir vor einer Tür, die links neben uns liegt, stehen, das Mädchen klopft kurz an, um dann unaufgefordert die Tür zu öffnen und mich in den dahinter liegenden Raum zu bitten. Ich trete ein. Auch in diesem Raum brennt nicht besonders viel Licht.

Lediglich der große, mitten im Raum stehende Billardtisch, über dem sich eine tiefhängende Lampe befindet, ist in helles Licht getaucht. Der Rest des Raumes versinkt im Schatten. Bonafe steht weit über den Tisch gebeugt, peilt die weiße Kugel an, trifft, die fünf wird eingelocht. Raschmüller, der mit beiden Händen seinen Queue hält, schaut zu. Beide Männer ignorieren mich.

Ich bleibe bewegungslos an meinem Platz stehen und schaue ebenfalls dem Spiel zu. Schließlich trete ich etwas nervös von einem Bein auf das andere, räuspere mich und sage mit leicht zittriger Stimme, die ich nicht spielen muss....... „Ich......ich bin hier mit Señor und Señora Vidal verabredet."

Keiner der beiden reagiert. Klack, Bonafe hat wieder eine Kugel eingelocht. Verlässt seine Position, geht langsam um den Tisch, steht nun mit dem Rücken zu mir, dann höre ich ihn sagen: „Raschmüller haben Sie heute Abend hier einen Señor oder eine Señora Vidal gesehen?"

„Nein." ...vernehme ich diese mir immer wieder eine Gänsehaut verursachende Fistelstimme.

Klack, Bonafe hat erneut eingelocht und geht langsam, ohne seinen Blick vom Spielfeld zu wenden um den Tisch. Auch Raschmüller würdigt mich keines Blickes und beobachtet weiter mit unbewegtem Gesicht das Spielgeschehen.

Angestrengt überlege ich,....wie würde ich mich verhalten, wenn ich nicht wüsste was hier läuft, wenn ich hier tatsächlich völlig ahnungslos hingefahren wäre, im Glauben einen Termin mit Señora Vidal und ihrem Mann zu haben, um die Details des Verkaufs ihrer beiden Häuser in Palma zu besprechen und statt die beiden zu treffen, völlig unverhofft, Raschmüller und Bonafe gegenüberstehe? Ich glaube, ich würde es mit der Angst zu tun bekommen und abhauen.

Also Emi, zeig Dein schauspielerisches Talent und tu so, als würdest Du fliehen wollen. Langsam bewege ich mich also rückwärts, die beiden interessieren sich nach wie vor nicht für mich und beschäftigen sich anscheinend hoch konzentriert weiter mit ihrem Billardspiel.

Mittlerweile stehe ich mit dem Rücken an der Tür, drehe den Türknauf nach rechts, die Tür öffnet sich in den Raum hinein, ich gehe vorsichtig einen Schritt weiter zurück in den Flur und spüre, dass jemand hinter mir steht. Langsam drehe ich mich um und fahre richtig erschrocken zusammen. Hinter mir steht ein dunkel gekleideter Mann. Den Typ kenne ich doch. Glatze, kalter Blick, schmale Lippen und ein nervöses Zucken am Mundwinkel. Klar, den hab ich schon im Büro von Bonafe auf dessen Anwesen gesehen, als ich vom Patio aus in das Zimmer geschaut habe, standen der und sein "Zwillingsbruder" an der Tür. Ohne jede Reaktion schubst er mich zurück in den Raum, schließt die Tür, allerdings von innen und bleibt hinter mir stehen. „Frau van Steen", höre ich Bonafe, der sich weiter mit seinem Spiel beschäftigt, sagen, ... „es scheint mir, Sie haben eine Vorliebe für überstürzte Aufbrüche, ich erinnere mich, dass Sie auch meine Party etwas eilig verlassen haben. Das ist sehr, sehr unhöflich."

„Was wollen Sie von mir", will ich wissen, „warum haben Sie mich hier hingelockt?"

Bonafe reagiert zunächst nicht, klack..., wieder eingelocht. Sagt dann aber.... „Sie sind eine sehr neugierige, junge Frau und scheinen eine Vorliebe für alte Häuser zu haben. Bei mir zu Hause in Puigpunient haben Sie sich anlässlich meiner kleinen Festlichkeit ja etwas umgeschaut. Kein Problem, schließlich haben Sie vorher immerhin ja ganz höflich gefragt. Meinen guten alten Freund, Herrn Raschmüller, haben Sie, wie ich höre, gestern Abend auch besucht, allerdings so ganz ohne jede Einladung, wie kommen Sie denn auf solch merkwürdige Ideen, Emilie, ich darf Sie doch so nennen?"

„Das war Zufall", stottere ich..... „ich war in Palma bummeln, kam zufällig am Haus vorbei, ich wusste gar nicht, wem es gehört, das Tor stand offen – und wie Sie schon sagen, ich habe eine Affinität für alte Häuser, ich geb zu, ich hab nicht weiter nachgedacht und mich einfach ins Haus geschlichen, so etwas mach ich öfters, ja und als ich wieder hinaus wollte, war das Tor zu und da....."... „Halten Sie den Mund", unterbricht mich die heisere Stimme von Raschmüller,..... „verärgern Sie mich nicht, indem Sie mir Naivität oder Dummheit unterstellen....Warum waren sie gestern Abend wirklich in meinem Haus, und wer hat Sie geschickt?"

„Das ist überhaupt nicht so...." setze ich gerade wieder an..., da packt der Idiot hinter mir meinen Arm und dreht ihn mir auf den Rücken......was soll denn das, der will mir doch hoffentlich nicht ernsthaft wehtun, durchfährt es mich.

„Emilie, wir haben jetzt zwei Möglichkeiten: Sie beantworten höflich die Fragen von Herrn Raschmüller oder Sie gehen mit Kai eine Etage tiefer und haben Gelegenheit, sich unseren alten Weinkeller etwas genauer anzusehen. Allerdings fürchte ich, Sie werden dort einiges Unerfreuliches zu Gesicht bekommen, Kai hat da unten seine kleine Werkstatt, möchte ich mal sagen, und frönt gerne mal in Begleitung des einen oder anderen Gastes seinem etwas ausgefallenen Hobby....."

Ich dreh mich so gut es geht zu Kai um und schaue zu ihm hinauf. Seine kalten Augen schauen mich an, das Zucken um seinen Mund verstärkt sich.

„Vielleicht interessiert Sie noch der kleine bautechnische Hinweis, liebe Emilie, der Keller hat sehr dicke Wände, soweit ich weiß, ist er völlig schalldicht." Während Bonafe das sagt, umspielt ein kleines Lächeln seine eigentlich ganz hübschen Lippen. Raschmüller schaut nach wie vor ohne eine Miene zu verziehen auf den Billardtisch, auf dem sich nichts mehr tut, denn Bonafe hat soeben die schwarze Acht eingelocht.

So, denke ich, jetzt wird es aber höchste Zeit, dass Pavels Truppe eingreift, bevor es hier richtig ungemütlich wird. Schließlich habe ich keine Ahnung, was für eine Geschichte ich diesem widerlichen Raschmüller auftischen soll. Und mir mit Kai den Keller anschauen, na vielen Dank, mit dem möchte ich noch nicht mal ein Bierchen trinken.

Die Zeit vergeht. Ich sehe die beiden an, Bonafe sieht mich an, Raschmüller fixiert nach wie vor irgendeinen imaginären Punkt auf dem Billardtisch.

„Emilie, haben Sie mich nicht verstanden?" fragt Bonafe nach einer Weile ganz liebenswürdig. Mehr kann er nicht sagen, denn die heisere Stimme von Raschmüller unterbricht ihn..... „Kai, runter mit ihr in den Keller, wir werden ja sehen, ob Sie ihre Meinung nicht doch noch ändert."

Oh Du Scheiße, Jungs was ist denn los, wo bleibt ihr........"ZUGRIFF".....kreische ich schließlich in mein Mikro....."ZUGRIFF".... Stille, nichts passiert, keine Rauchgranaten, die durchs Fenster geworfen werden, und auch keine Tür, die mit schweren Stiefeln eingetreten wird.....nichts!

Bonafe schüttelt langsam den Kopf. „Oh je, Fräulein Emilie, ich glaube nicht, das Sie irgendjemand hier hören wird – was meinst Du?", wendet er sich an Raschmüller., Der hebt endlich seinen Blick vom Tisch, schaut mich regungslos an, nickt Kai zu, der seinem Herrchen sofort gehorcht, an meinem Arm reißt und mich aus dem Raum auf den Flur bugsiert. Am Ende des Flures befindet sich eine Tür, Kai öffnet sie, während er wieder schmerzhaft an meinem Arm herum zerrt, hinter der Tür liegt eine Treppe, die hinunter in den Keller führt.... Ich stehe auf dem Treppenpodest, schaue hinab in die Hölle, die mich dort erwartet... Und werde fast ohnmächtig vor Angst. Was ist hier los? Was ist nur schiefgelaufen. Ist Pavel etwa aufgeflogen? Hat er unter Folter gebeichtet, wer er ist? Aber warum hat dann das

Treffen hier stattgefunden? Selbst wenn Pavel aufgeflogen ist, das BKA weiß doch Bescheid, genauso wie diese spanische Sondereinheit, warum haben die hier das Treffen gemacht, wenn draußen doch die Elitesoldaten stehen??? Dios mío, langsam steigt in mir die unweigerliche Konsequenz aus diesem Geschehen auf: Wir treffen uns hier, weil draußen niemand steht, keine Eliteeinheit, kein BKA, niemand, der mich rettet, und dieses Scheiß Mikro und der Sender sind wahrscheinlich auch nur ein Fake, ein Fake wie Pavels ganze Geschichte. Pavel ist kein Doppelagent. Pavel gehört zur Mafia und hat mich hergelockt, damit Sie erfahren, wer außer mir noch etwas weiß von Feiges Ermordung, von der Korruptionsgeschichte, von den ganzen beschissenen Mafiosi, denen ich jetzt ausgeliefert bin.....nein Emi, wie konntest Du nur auf die Geschichte von diesem Typ, diesem Pavel hereinfallen, werfe ich mir vor. Was soll jetzt passieren? Wer kann mir helfen?

Kai schubst mich grob die Treppe hinunter. Unten angekommen gehen wir durch einen langen, rundgewölbten Kellergang, der nur stellenweise durch Wandlampen, die in recht großen Abständen vorgesehen sind, beleuchtet wird. Am Ende des Ganges befindet sich eine Tür, die nur angelehnt ist. Kai stößt die Tür mit einem Fußtritt auf und schubst mich in den Raum. Ich traue kaum meinen Augen. Ich befinde mich in einem mittelalterlichen Folterkeller. In der Mitte des Raumes steht ein massiver Holzstuhl mit Ledermanschetten an den vorderen Stuhlbeinen und den Armlehnen, die wohl zur Fixierung des Opfers dienen sollen. Dios mio, an den nackten, unverputzten Steinwänden hängen allerlei Gerätschaften, über deren mögliche Verwendungszwecke ich mir gar nicht erst Gedanken machen möchte. Ganz starr vor Angst stehe ich vor diesem schrecklichen Stuhl. Jetzt oder nie, denke ich......ich lege meine ganze Konzentration in meine Körpermitte, explosionsartig drehe ich mich um, meine rechte Hand ist zur Faust geballt und mit der ganzen Kraft meines Körpers lasse ich sie in Kais hässliche Visage knallen. Die kleinen kalten Augen werden riesengroß, der Mund zuckt wild, völlig perplex taumelt der Fleischklops nach hinten, ich denke keine Sekunde nach, mein Körper reagiert nur noch, und mein rechter Fuß findet mit voller Wucht sein Ziel zwischen Kais Beinen. Ein lautes Jaulen erfüllt den Raum. Ich registriere nur am Rande, wie sich Kais Körper zusammenkrümmt, während ich blitzschnell meinen adrenalingestärkten Körper die Kellertreppe emporschießen lasse, ich stoße die Tür auf dem oberen Treppenpodest auf, renne den Flur, den ich vor wenigen Minuten angsterfüllt in die entgegengesetzte Richtung gegangen bin, entlang, durchquere ohne jemanden zu sehen, der mich aufhalten könnte, die kleine Eingangshalle, reiße die Eingangstür auf und stehe im Freien......Kühle Abendluft erfasst mich und reißt mich heraus aus diesem ganzen irrsinnigen Spuk. Ich atme tief durch, versuche mich zu sammeln und einen klaren Gedanken zu fassen. Mein Wagen steht immer noch neben dem Eingang, was mir nicht hilft, denn meine Tasche mit meinem Autoschlüssel habe ich irgendwo fallen gelassen. Hinter mir im Haus höre ich Stimmen, eine Tür knallt, dann schwere Schritte mehrerer Personen. Ich renne blindlings in die vor mir liegende Nacht, meine Lunge schmerzt, dann werde ich gestoppt, vor mir steht eine hohe Mauer, ich laufe ein Stückchen nach links, stolpere, falle fast hin, rappele mich wieder auf, laufe ein Stückchen nach rechts, das Grundstück scheint komplett mit dieser Mauer, auf deren Krone auch noch ein nach innen geneigter Zaun montiert ist, umfriedet zu sein. Helle Lichtkegel von großen Taschenlampen durchschneiden die Schwärze der Nacht. Schritte und Stimmen werden lauter, meine Häscher kommen näher und näher. Ich verkrieche mich in einem nahe liegenden Gebüsch, was mir aber nicht lange Schutz bieten wird. Zu übersichtlich ist das Grundstück um mich herum, und zu nah sind meine Verfolger.

Bibbernd hocke ich in meinem Busch, die ganze Kraft, die ich eben noch für meine Flucht aufgebracht habe, scheint entwichen, mein Körper verfällt in eine lähmende Starre, der erste Lichtstrahl hat bereits kurz mein Gesicht gestreift..............als ein erst verhaltenes, dann immer lauter werdendes Getöse aufkommt, dessen Ursprung ich nicht zuordnen kann. Was haben diese Mafiosi jetzt vor, was um alles in der Welt machen die da......zu spät, alles ist zu spät, ein Lichtkegel hat mich erfasst, ich bin geblendet und bekomme nur wie in Trance noch mit, dass dunkle Gestalten vor mir her laufen, die Stimmen, das ganze Geschrei steigert sich zum Inferno, ich weiß nicht, bin ich schon auf dem Weg ins Jenseits, ich sehe Gestalten, die vom Himmel hinab auf die Erde schweben.....was für ein Spektakel.

Eine Gestalt, die aussieht wie ein Robocop, halb Mensch halb Roboter kommt auf mich zu, bleibt vor mir stehen, mit einer Hand wird das Visier des Helms hochgeschoben,......... „Señora van Steen?".......spricht mich eine menschlich anmutende Stimme an........ich schaue das Wesen nur an, unfähig zu reagieren...... „Señora van

Steen, ...Guardia Civil......sie sind in Sicherheit......bitte kommen Sie mit!, ...Das Wesen reicht mir seine Hand.......

SECHSUNDZWANZIG

Helles Sonnenlicht scheint auf unseren Frühstückstisch. Lidia, David und Jonathan betüddeln mich. Ich bekomme mein Lieblingsmüsli, super leckeren Latte Macchiato de Soja mit perfekter cremiger Schaumkrone, darf meine Füße, was normalerweise strengstens untersagt ist, auf einem Stuhl ablegen und hab sogar ein bequemes Kissen im Rücken, was für ein Luxus. Obwohl ich die Nacht kaum geschlafen habe, weil ich sie im Headquarter der Guardia Civil in Palma zugebracht habe, fühle ich mich gut und putzmunter. Das muss an der Erleichterung und natürlich an meinen total lieben Freunden liegen.

Erst nachdem ich gestern Nacht von dem netten Polizisten zum Rettungswagen gebracht wurde, wo man mich in eine warme Decke gehüllt hat, habe ich Stück für Stück begriffen, was passiert ist. Die Guardia Civil hat das Haus, in dem ich mich gestern Abend befand, mit Einsatz von Hubschraubern, die das ganze Gelände in taghelles Licht getaucht und von denen sich die Einsatzkräfte in spektakulärer Art und Weise abgeseilt haben, gestürmt. Gleichzeitig sind mehrere Einsatzfahrzeuge der Guardia Civil mit drei Dutzend weiteren vermummten und schwer bewaffneten Männern vorgefahren, die das Gelände umzingelt haben. Im ringförmigen Zugriff wurden dann alle im Haus anwesenden Personen, für die der Haftrichter in der gleichen Nacht auch noch einen Haftbefehl ausgestellt hat, festgenommen. Neben Raschmüller, Bonafe und deren Folterknechten befand sich unter den verhafteten Personen auch Pavel, der, wie ich bereits vermutet hatte, sehr wohl zur Mafia gehörte und keineswegs ein eingeschleuster Kontaktmann der Guardia Civil war. Allerdings, wie ich gestern zu meiner großen Überraschung, aber auch Freude erfahren habe, gab es sehr wohl doch einen V-Mann unter Bonafes Leuten.......ja, ihr vermutet schon richtig.....Jonathan, the Man with the Gun....hat sich in das Vertrauen der Mafiosi geschlichen, indem er ihnen über einen längeren Zeitraum gezielte Informationen zu der einen oder anderen kleineren Razzia in diversen Etablissements der Jungs „verkauft" hat. Auf diese Weise gelang es ihm sozusagen als Insider Beweise gegen den Verein zu sammeln. Außerdem hat er mir gestern Abend das Leben gerettet. Die Guardia Civil war im Vorfeld des gestrigen Geschehens durch ihren V-Mann Jonathan über alles detailliert informiert. Bonafe und Raschmüller standen schon lange unter Beobachtung, man wusste von ihren „Geschäften" nur die letzten Beweise fehlten noch, um sie ding fest zu machen. Die Guardia Civil wusste im Vorfeld auch Bescheid über den geplanten Mord, zu Lasten meiner Person, wie die Polizei das so schön ausdrückt. Was Bonafe und Raschmüller nicht wussten, das Haus, das Arbeitszimmer, der Billardraum, alles war gestern Abend komplett verwanzt und die Hörmitschnitte vom gestrigen Abend in Verbindung mit den bereits gesammelten und sichergestellten Beweisen reichen wohl aus, um alle Beteiligten zu verurteilen. Auch die bestochenen Politiker und Verwaltungsmitarbeiter wurden gestern Nacht noch in ihren Wohnungen und Häusern festgenommen, nachdem man in Feiges Haus nach einer gründlichen Durchsuchung ausführliche Aufzeichnungen zu den finanziellen Transaktionen und den hieran Beteiligten sichergestellt hatte. Diese Unterlagen müssen nach erster Sachlage wohl auch der Grund für Feiges Ermordung gewesen sein. Nach Aussage von Raschmüller, der bereits in der letzten Nacht voll umfänglich auf Anraten seines Anwalts eine Aussage gemacht und sich darüber hinaus als Kronzeuge zur Verfügung gestellt hat, wurde Feige im Auftrag von Bonafe an dem Abend, an dem Bonafes Party standfand, von einem der Handlanger Bonafes ermordet. Der Grund dafür war wohl, dass Feige die Gangart und das gesamte Vorgehen von Bonafe gegenüber nicht mehr ganz so bereitwillig mitspielenden Politikern und Verwaltungsmitarbeitern zu hart wurde. Er wollte nicht mehr mitmachen und aussteigen und hat wohl gedroht, alle Beteiligten mit gewissen Beweisen, über die er in Form seiner akribischen Aufzeichnungen und gesammelten Belegen ja auch verfügte, hochgehen zu lassen.

Anscheinend wollte Bonafe kein Risiko eingehen und hat sofort kurzen Prozess mit Feige gemacht.

„Armer Feige", sagt Lidia gerade, „wäre er gleich zur Polizei gegangen und hätte Bonafe nicht erst gedroht, wäre er wohl noch am Leben."

„Was meinst Du, wird Raschmüller diesmal verurteilt werden", frage ich Jonathan?

„Ich denke schon", sagt er, „allerdings wird er wohl mit einem blauen Auge davonkommen. Leute wie Raschmüller verstehen es, sich immer schnell auf die

Seite zu schlagen, die gerade die größten Vorteile oder das meiste Geld bietet."

„Ich freue mich jedenfalls, dass das Naturschutzgebiet nun doch für alle erhalten bleibt und nicht zubetoniert wird", wirft David ein, und alle stimmen ihm zu.

„Habt ihr eigentlich schon gehört", wirft Lidia ein, „dass der Manager vom Country Club, den Club zu DEM Tennis-Profitrainingscenter in Europa ausbauen will? Ich meine Klima und Lage von Mallorca sind ja perfekt, und der Club ist vom Flughafen aus gut zu erreichen. Na ja, gegenüber vom Club will er jedenfalls ein Hotel bauen und eine Bungalowanlage, um die Tennisspieler auch unterbringen zu können."

„So'n Quatsch", sagt Jonathan, „gegenüber von eurem Club liegt das Gelände des historischen, denkmalgeschützten Nationalparks, da baut niemand......"

„Mhh, merkwürdig, vielleicht sollte ich mich in nächster Zeit im Club mal ein bisschen umsehen?".....

„Neeeeeiiin, das war doch nur Spaß.........", kreische ich, leider zu spät......von allen Seiten fliegen mir halbe Brötchen, Weintrauben und gezielte Faustschläge in meine Seiten entgegen.....